KB071729

길

변 상 오

처음부터 길은 없다.
걸어 가면 길이다.

처음 시작은 황무지였지만
한발 두발 걸어 가면 길이 된다.

막막했던 삶 걸어 가니 앞이 보였고
처음 발자국은 희망의 길이 되었다.

처음 걸어 간길 고난의 길이었지만
누군가에게는 희망의 길이 되고 싶다.

가슴 뛰는 영원한 꿈을
당신께 드립니다.

님께

드림

삶의 향기가 배어있는 수필적 자서전

처음부터 길은 없다

걸어 가면 길

변상오 지음

도서출판 고려

특수교육 일념으로 정진하신 높은 뜻을 기리며

31년을 한결같이 장애 청소년들을 형제처럼 자식처럼 가슴에 품어 안고 사도(師道)의 외길을 묵묵히 걸어오신 변상오 교장이 명예퇴임을 맞아 평생을 오직 특수교육의 일념으로 헌신한 발자취를 담아 한 권의 회고문집으로 세상에 펴내게 됨을 기쁜 마음으로 축하드립니다.

변상오 교장과는 제가 1974년부터 중등교원 평교사로 있으면서 1976년 이후 한국 민주화의 격동기를 거치던 시절에 저녁에는 야학에서 배움에 목마른 청소년들을 가르치던 중 만났습니다. 주경야독의 현실을 인내로 극복하며 학문의 열정을 불태우던 20세 초반의 변상오 청년은 생활고로 힘들게 구두닦이 신문배달 같은 노동을 하면서도 자아실현의 꿈을 가지고 열심히 학업에 몰두했고 중입, 고입, 대입 검정고시를 거쳐 그 뒤 장애인 교육에 헌신하겠다는 신념을 굳히고 우석대학교에 입학했으며 대학 졸업 후 특수교육 교사로서 새로운 인생을 출발하게 되었습니다. 그 당시 교직(敎職)은 그야말로 "춥고 배고픈(?)"시절이며 웬만한 위인(爲人)이면 모두 다 기업체에 취업하여 "등 따뜻하고 배부른(?)"삶으로 방향 전환을 하던 때였습니다. 본인도 부끄러운 고백이지만 그 뒤 고등학교 교직을 사임하고 출판 · 인쇄업을 창업 · 경영하면서 오늘에 이르렀으니 변 교장 앞에서는 지조(志操)없는 배신자(背信者)가 된 모습입니다.

"세상은 넓다 해도 할 일은 단 하나 가르치고 배우는 오직 그 일에만 살아평생 교사가 되겠다고 하는 고마우신 선생님 우리 선생님"

"세상은 넓다 해도 할 일은 단 하나"라는 이 노래는 오늘날의 "스승의 은혜는 하늘같아서....."라는 노래를 부르기 전 1950년대 스승의 은혜를 기리는 노래가사입니다.

그렇습니다! 사도일념(師道一念)의 한 길을 걸으며 오직 교육자로서 30여년 교단(敎壇)을 지켜 오신다는 것은 참으로 고귀한 성직자(聖職者) 의 인품(人品)이 아니고서는 어려운 일입니다.

우석대학교 특수교육과를 졸업한 후 1986년부터 정신지체 장애인을 가르치는 부천 혜림학교 장봉도 분교에 특수학교 교사로 부임하면서 시작된 변상오 선생의 교육자의 길은 31년간 교육현장의 최 일선에서 평교사로부터 드디어 교장까지 두루 역임하시면서 특수교육 현장의 산 증인(證人)으로서 뒤따라오는 후배들에게 위대한 정신적 유산(遺産)을 물려준 귀감으로 길이 남을 것입니다.

변상오 교장께서 사제동행(師弟同行)하며 특수학교 제자들과 장애아들을 사랑해온 크고 작은 많은 일화(逸話)들 – 장애 학생들의 방과 후 여가선용을 위해 현역 교사시절에 본인이 직접 설립하여 퇴임한 지금까지 사재를 털어 운영해 오고 있는 그루터기여가생활학교의 테마여행, 체험학습, 역사유적 방문과 극기훈련으로 한라산과 백두산 등정을 하는 등 한 가족 울타리로 장애 학생들을 가슴 따뜻하게 안아주던 일들을 다 열거 할 수는 없습니다.

오늘의 시대는 여러 가지로 경제적 사회적 여건이 어렵습니다. 모든 사람들의 삶의 무게가 무겁습니다. 급변하는 세태 속에서 윤리, 도덕과 가치관이 혼란스럽습니다. 이러한 복잡다단한 세상풍조 속에서 어려움에 처한 이웃과 장애우를 돌아보고 내 몸처럼 사랑하며 돕기에는 모두 지쳐 있습니다. 그러나 변상오 교장은 헌신과 봉사의 마음을 열고 외롭게 아가페적인 사랑을 실천하는 길을 끝까지 걸어 왔습니다.

교직을 성직(聖職)으로 여기며 군사부일체(君師父一體)를 외치려고 하지는 않더라도 교육의 신성한 책무와 권리를 마치 노동시장의 노임(勞賃)처럼 거래하려는 풍조, 교권(敎權)이 무너지고 교사의 권위가 사라져가는 교실 분위기, 교사와 학생 즉 사제 간의 신뢰가 땅에 떨어진 오늘의 교육현실은 참으로 개탄(慨歎) 스럽습니다.

그렇기 때문에 교육 현장에서 변상오 교장의 소걸음처럼 우직(愚直)하고 과묵한 실천을 높이 평가하면서 그의 평소의 교육 철학을 이 자서전적 회고문집 안에 담겨있는 내용 중의 두세 군데를 음미하면서 일부라도 들여다보고 싶습니다.

오늘날 국가적 양적 복지는 확대되고 있다고 하지만 지역사회 안에서 아직도 사각지대(死角地帶)에 놓여있는 곳들이 많습니다. 국가와 정부의 손길이 닿지 않는 그 곳에 민간주도의 질적 복지가 절실히 요청됩니다. 그래서 민간 자원 봉사단체가 그리고 사랑과 관심을 가진 지역사회 구성원들이 십시일반(十匙一飯) 후원하여 장애 청소년들을 보살펴야 하겠다는 간절한 마음으로 저의 교직생활 30년 근검절약하여 겨우 마련한 아파트 한 채를 처분하고 나머지는 융자를 얻어 조그마한 사회복지관을 마련하게 된 것입니다. 저의 여생 모두 이곳을 통해 장애 청소년들을 위해 바치고자 합니다.

- 본문 "내가 바라 본 우리나라 사회복지"중에서

장애자녀를 가진 부모님들이 양육의 부담과 경제적 빈곤이라는 어려움을 겪고 있는 경우가 많았습니다. 이러한 현실 속에서 나는 내가 지금 여기에서 나의 역량으로 보탤 수 있는 것이 무엇이 있을까 고민하기 시작했습니다. 큰 기금을 모아 경제적 지원에 나설 순 없는 일이었고 물리적 교육기관을 설립해서 번듯한 교육을 실시할 수는 없는 노릇이었습니다. 그리하여 고민 끝에 나는 주말과 휴일 그리고 방학 동안만이라도 예산이 많이 소요되지 않는 범위 내에서 지역사회의 장애아 양육에 기여할 수 있는 방법을 찾기 시작했습니다. 그 결론은 순수하게 자원봉사단체를 만들고 자원봉사자 개개인이 자신이 가진 시간과 관심을 기여함으로써 장애인들 에게는 여가를 즐기게 하고 장애인 부모님들에게는 비록 잠시지만 쉴 수 있는 시간을 주자는 것이었습니다. 그것이 바로 순수 민간자원봉사단체인 **"그루터기 장애인여가생활학교"**를 설립한 동기였습니다.

- 본문 "장애인여가생활학교 설립"중에서

우리 서로 겉모습만 보려고 들어가지 말고 진실과 성실성을 보려고 노력하며 우리 인생의 아름답고 멋진 드라마를 만들어갑시다. 우리 인생 삶에서 각본 없는 드라마를 멋지게 연출하는 것입니다. 특수학교 교사들은 멋진 스타 주인공을 내세워 호화로운 드라마를 만들기 위해 모인 사람들이 아닙니다. 부족하고 연약하고 아픔이 있는 장애인들을 주인공으로 평범한 드라마지만 감동을 주고 행복을 주는 여운을 남기는 드라마를 만들어가는 사람들이 특수학교 교사입니다. 우리가 생활 속에서 수많은 드라마와 영화를 보았지만 우리들 마음속에서 잔잔한 감동과 두고두고 기억되는 명작품은 어딘가 부족하고 연약한 배역들이 모여서 아름다운 결실을 이루는 "외인구단"이나 "우생순"같은 드라마들입니다. 장애인들은 하나님께서 이 세상에 또 다른 걸작품을 만들어 보내신 천재들입니다.

- 본문 "우리 인생은 각본 없는 드라마"중에서

장애 학생들을 세상에서 볼 때는 안타까운 모습이라고 하더라도 우리들은 그들을 주인공으로 캐스팅하여 성실한 마음으로 인내를 가지고 수준높은 감동의 드라마를, 걸작품을 만들어가는 감독이 되어야 합니다. 저는 여러 선생님들이 우리 장애아들과 멋진 명작품을 만들어가는 그 길에 기꺼이 후원자가 되겠습니다.

- 본문 "학교장은 교사의 후원자"중에서

우리들의 삶은 절대 불행이나 절대 행복만이 지속되지 않고 순환되고 있습니다. 우리는 꽉 막힌 동굴 같은 인생이 아닙니다. 우리는 어둠의 터널을 벗어나면 광명의 출구가 있는 인생입니다. 낙심과 좌절의 상황에서도 의연하게 긍정적으로 살아본 경험이 있는 사람들은 이러한 지혜를 터득하게 됩니다.

- 본문 "경험은 인생의 좋은 교사"중에서

모든 것은 다 가까운 데서 시작됩니다. 모든 것은 다 나로부터 시작됩니다. 주변이 어떠하든지 환경이 어떠하든지 그 결과는 다 나에게 책임이 있습니다. 상처를 받을 것인지 말 것인지 내가 결정합니다. 상대방이 나에게 어떻게 행동할지 알 수 없지만 반응은 언제나 내 몫입니다. 결국 모든 것이 나로부터 시작되는 겁니다.

- 본문 "나로부터 시작" 중에서

변상오 교장의 교육철학을 무엇이라 표현하기에는 그 분의 마음 그릇이 너무나도 크고 깊고 따듯해서 필설(筆舌)로 다 드러내기 어렵습니다. 그러나 변 교장은 장애인 사랑에 전 생애를 걸고 살아왔으며, 장애인에 대한 무한한 긍정적 가능성을 열어두고 교육현장을 통해 적극적으로 하나씩 성취한 분입니다. 또한 변 교장은 세상의 변화를 탓하기 전에 "**내가 먼저 변하면 세상도 변한다**"는 철저한 자기성찰에서 부터 교육의 출발점을 삼아 스스로 자신의 가슴을 활짝 열고 솔선수범(率先垂範)한 분입니다.

그러나 굳이 변상오 교장의 인생관, 가치관, 교육철학을 간단하게 말하라고 하면 "**어떠한 역경에 처하더라도 가슴 뛰는 꿈의 에너지가 있는 한 오늘보다 내일은 더욱 희망적일 수밖에 없다**"라는 말로 표현할 수 있겠습니다.

지금 가정과 학교, 사회 각계각층(各界各層)에서 "우리의 교육이 이대로는 안 된다. 변해야 한다."라고 다급한 목소리로 외치고 있습니다.

우리가 처한 위기의 현장에서 진정한 변화와 회복은 교육으로부터 시작되어야만 합니다. 교육현장은 장차 이 나라를 걸머지고 이끌어갈 청소년을 바르게 양육하고 훈련하는 곳이기 때문입니다.

변상오 교장님!

오늘날 조변석개(朝變夕改)하는 교육정책의 혼란과 교권(敎權)이 그 어느 때보다 위협받는 때에 변 교장처럼 청렴결백한 인덕(仁德)으로 묵묵히 교육현장을 지켜 온 분으로서 후배 교육자들에게, 그리고 국가와 민족의 동량(棟樑)이 될 자라나는 2세들에게 아직도 깨우쳐 주고 바로잡아 주고 싶은 과제가 너무나 많이 남아 있을 줄 믿습니다.

이 중요한 시대적 요구 앞에 아직 만년청년(萬年靑年) 같은 젊음의 패기가 넘치는 변상오 교장이 명예퇴임으로 교단을 떠나게 된다니 한 편으로는 아쉽기 그지없습니다.

그러나 변 교장께서 너무 상심(傷心)하지는 마십시오. 변 교장이 씨 뿌리고 물 주어 가꾸어 놓은 그 훌륭한 뜻이 꽃피고 아름다운 열매를 맺을 날이 반드시 있을 것입니다.

이제 동료 교사들과 후학들로부터 존경과 사랑의 박수갈채를 한 몸에 가득히 받으며 명예로운 퇴임을 했지만 청소년들 특히 장애우 청소년들을 위한 특수교육 방면에 더욱 깊은 관심을 가지고 올곧은 목소리를 내주기 바라며, 후배 교육자들을 위한 연수기회가 주어지면 남김없이 그 훌륭한 교육철학을 전수(傳授)해 주기 바랍니다.

변상오 교장님, 앞으로 하나님의 크신 은혜와 축복 가운데 더욱 더 연부역강(年富力强)하시고, 사모님과 자녀들 함께 내내 행복하시기를 기도드립니다.

2018년 11월 만추(晩秋)에 가평 물댄동산에서

권 영 석 드림

머리말

처음부터 길이었던 곳은 없다.
걸어가면 길이 열린다.

영국의 정치가인 디스렐리는 "환경이 인간을 만드는 것이 아니라 인간이 환경을 만든다."고 했습니다. 우리는 자연세계의 동물처럼 환경의 지배를 받는 피동적인 존재가 아니라, 적극적으로 환경을 지배하고 자신의 운명을 스스로 창조해 나가는 존재입니다. 흔히들 자신의 불행한 과거를 돌이켜보면서 현재의 상황을 환경 탓으로 돌리는데, 그것은 결국 나약한 자기변명에 지나지 않습니다. 영국의 역사 철학자인 아놀드 토인비(Anold Toynbee)가 "역사는 도전과 응전의 법칙(Challenge and Response)에 의하여 발전하며, 창조적 소수(Creative Minority)에 의하여 건설된다."고 간파했듯이, 모든 값진 인생은 결국 창조적으로 자신의 환경을 극복하고 개척해나가는 데 있음을 확신합니다. 더군다나 인간은 누구나 주어진 자기인생을 충실히 살아가는 데서 인간 성장이 좌우되는 것이라는 것을, 저는 지금까지 저의 인생 경험을 통해서 절실히 깨닫게 되었습니다.

오늘 나 자신이 이렇게나마 자신을 딛고 일어서서, 나름대로의 의지를 가지고 내일의 희망을 바라보며 살아갈 수 있게 된 것이, 생각할수록 기적이 아닌가 하고 스스로 놀라는 때가 있습니다. 만약 내 앞에 몰아닥친 거센 세파에 아무런 의지도 없이 휩쓸려 떠내려갔더라면 어찌 되었을까? 자신의 환경을 원망하며 주저앉아 무너져버렸다면 지금쯤 내 처지는 무엇이 되었을까 생각하면 아찔하기도 합니다.

나와 같은 환경에서 태어나고 자란 청소년들은 물론, 물질적으로 부족함 없이 부모님 사랑 속에서 자라고 배웠지만, 갈급함이나 부족함이 없기에 주어진 삶이 소중하고 귀한 줄 모르고 가지고 있는 것들을 있는 대로 소비하는, 내일에 대한 준비가 되어 있지 않아 예측할 수 없이 다양하게 전개되는 삶 속에서 작은 변화, 시련, 고통, 슬픔에도 좌절하고 힘들어 하는 사람들에게 이 글을 쓰고 싶은 마음 간절합니다. 나에게도 인생의 항로를 잡지 못하고 정처 없이 방황하던 산골소년을 주님의 품으로 인도하여, 주님의 귀하고 아름다운 사랑을 체험하게 해 주셨고, 소외받는 어려운 이웃을 사랑 하는 법을 가르쳐 주셨던 위대한 멘토이자 스승이신 권영석 선생님이 계셨기 때문입니다.

이 글들은, 내가 60년을 살아오면서 나의 삶 속에서 경험하고 느낀 생각들을 압축한 삶의 향기가 있는 글들이오니, 진정한 삶의 이정표 값진 인생을 찾고자 하는 젊은이들이나 후배들이 이 책을 통해 삶의 지혜를 얻어, 인생에 어떠한 어려운 시련, 고통, 아픔이 찾아온다 할지라도 의연하게 잘 살아 주기를 간절히 바랍니다.

나는 내 나이 스무살이 되어서야 비로소 꿈을 가지고 살기 시작 했습니다.

나이 스무살이 되면 보통 사람들은 자신의 삶이 어느 정도 준비가 되어 있고 최소한 고등학교를 졸업할 나이 입니다. 나이 스무살에 초등학교 졸업

인정 검정고시 합격이 보통 사람들에게는 대단한 것은 아니겠지만 절망속에서 좌절만 연속 되었던 나에게는 내 인생 최초로 할 수 있다는 마음으로 희망과 꿈을 가지고 힘차게 앞으로 전진 해 나갈 수 있는 힘이자 절망과 고난을 이겨낼 수 있는 파워 에너지 기적의 힘이 되었습니다. 내 삶은 나이 스무살이 되어서야 비로소 절망을 극복하고 희망과 행복을 만들어 내는 에너지 충만한 행복 발전소가 되었습니다. 꿈은 어려움을 이겨내고 행복과 희망을 만들어 주는 파워 에너지 행복 발전소입니다.

스무살의 기적 꿈이 있어 축복된 삶, 꿈은 사람을 차별 하지 않아요.
끊임없이 도전하고 꿈을 꾸며 주어진 환경에 최선을 다하면 가슴이 뛸 수박에 없습니다.
가슴이 뛰고 있는 한 우리들의 삶은 멈출 수가 없습니다.
우리들이 어떠한 역경에 처하더라도 가슴 뛰는 꿈의 에너지가 있는 한
오늘 보다 내일이 희망적일 수밖에 없습니다. 꿈을 꾸는 한 절망은 없다.

막막했던 지난 삶, 준비도 되지 않은 삶
걷다보니 길이 보였고, 걸으니 길이었습니다.
처음부터 길이었던 곳은 하나도 없습니다. 걸어가면 길이 열립니다.
처음 시작은 황무지 한발 두발 걸어 가면 길이 됩니다.
처음 걸어간 길이 고난의 길이었지만 다음 사람은 편하게 가는 길,
누군가에게 희망의 길이 되어 주고 싶습니다.

2019. 1
변 상 오 드림

목 차

6장 열정적인 삶 생각이 행동이다

"그루터기 장애인여가생활학교 프로그램"

7장 특수학교 교장 공모에 도전

"1980년대 황무지 특수교육, 2010년대 전문 경영자로."

2부

•

삶의 향기가 묻어나는 글 모음

1장 배려와 소통

2장 가슴 뛰는 꿈의 에너지

3장 잘 견디어 냈기에 윤택한 삶

4장 행복 한 삶

8장 이공 일팔의 이야기

1부

나의 삶 어제 오늘 그리고 내일

"고난 속에서도 꿈을 꾸며 살아온 삶 그리고 살아갈 삶"

1장

살아온 지난 삶

"1950년대 전후 아픈 현대사와 동반된 삶"

한국 역사의 아픔에서 시작된 출생

6.25 전쟁은 그 시기 전후로 태어난 사람들의 삶을 불행하게 만들었을 뿐만 아니라 대한민국의 현대사에 지금도 아픈 과거로서 아로새겨져 있고 현재도 정치, 경제, 문화 모든 면에서 영향을 미치고 있다. 또한 6.25 전쟁이 나와 우리 가족의 삶 역시 송두리 째 바꿔 놓았다.

전 국토가 폐허 속에서 시작된 1960년대와 1970년대는 사람들이 가난과 눈물 절망만으로 삶을 꾸려가지는 않았다. 가난한 나라에 태어난 죄로 새로운 돌파구를 찾아 나서 악으로 깡으로 생사의 갈림길에서 눈물겹게 삶을 찾아 나선 파독 광부와 간호사 분들, 생명을 담보할 수 없는 타국의 전쟁에 참여한 월남전 용사 들, 열사의 사막 중동에 간 근로자 분들, 해외에 악착같이 진출하여 외화를 벌어 자기의 개인생활은 모두 접어 두고 부모, 형제, 나라를 위해 한 푼, 두 푼 송금하여 우리나라 경제 건설의 기틀을 마련한 해외근

로자 분들. 이 모든 분들의 땀과 눈물이 있었기에 우리나라는 가난의 악순환을 끊고 산업국으로 발전할 수 있는 도약의 발판을 마련했다고 말할 수 있을 것이다. 어찌 이들의 땀과 눈물을 잊을 수 있을까.

해외에서의 고군분투할 뿐만 아니라 국내에서도 악착같은 삶의 의지가 솟구쳤다. 구로공단을 비롯한 전국 각지의 도시로 올라온 시골 여성들은 열악한 주거환경인 쪽방 촌에서 자기의 먹을 것, 입을 것을 아껴서 고향으로 송금하여 오빠, 동생의 교육비, 부모 생활비 등을 뒷바라지하고 노동집약적인 저가 상품을 생산 수출하여 산업대열에서 알게 모르게 자신의 피땀을 바쳤다.

그렇게 희생된 가족의 땀과 눈물로서 형제 세대가 오로지 교육만이 살길이라는 생각으로 기술개발과 재투자에 힘쓴 결과 우리나라의 고도성장을 이끌어 낼 수 있었고 결과적으로 높은 교육열로 인해 질 높은 인재가 양성되어 현재의 대한민국으로 설 수 있었던 것이다.

그나마 도시로 상경한 가족들 중 누군가로부터 지원을 받았던 사람은 나은 것일지도 모른다. 도시에서 돈벌어 보내주는 누나들마저 없어 집안 형편이 너무 어려워 기초적인 초등교육을 받을 기회마저 갖지 못하고 입 하나 줄이고 세 끼니 해결을 위해 서울로 상경한 십대의 어린 청소년들은 저임금 받는 것도 달게 여기며 겨우 세 끼니만 해결해 주는 조건으로 저임금 노동을 마다하지 않았으며 공단에서 일하는 누나들의 보조나 당시 유행하던 말처럼 "공돌이(?), 공순이(?)"의 생활도 감사한 마음으로 헌신적으로 일했다. 그리고 그게 바로 나의 모습이기도 했다. 이렇게 어렵고 힘든 열악한 환경 속에서 세 끼니 해결 위해 피땀 흘리며 최선을 다한 10대 청소년들은 적은 급료지만 월급을 받으며 검정고시라는 제도를 통해 주경야독 학업의 열정을 포기하지 않음으로써 자기 개발의 꿈을 이룰 수 있었다.

비록 급속한 산업화와 대기업 위주 경제정책으로 인해 상대적으로 소외된 계층이 발생하기도 하였으나 노동자 농민들의 저임금 보상 노동운동과 삶의 질 향상을 위한 인권 향상 민주화 운동으로 우리나라는 양적으로뿐만 아니라 질적으로도 점차 꾸준한 발전을 해왔다. 다시 말해 우리나라 국민들의 높은 근로의식과 열정, 교육에의 열망 속에서 자본이 있는 자들에게는 더 큰 기회가 다가와 더 큰 성장을 할 수 있었고 못 배우고 타고난 것이 없는 자들에게도 노력 여하에 따라 기회가 주어져 자신의 꿈을 이루며 행복을 추구할 수 있었다.

고난과 슬픔, 외로움 앞에서 맞서 싸우고 이겨내야만 했던 나의 과거를 생각할 때마다 나름대로의 의지를 가지고 내일의 희망을 바라보며 살아갈 수 있게 된 것이, 생각할수록 기적이 아닌가 하고 스스로 놀랄 때가 있다. 만약 내 앞에 몰아닥친 거센 세파에 아무런 의지도 없이 휩쓸려 떠내려갔더라면 지금쯤 어찌되었을까. 나에게 주어진 환경을 원망하며 주저앉아 무너져버렸다면 지금쯤 내 처지는 무엇이 되었을까 생각하면 아찔하기도 하다. 나는 10대 소년 시절에는 가혹한 현실과 맞서 싸우며 하루하루를 눈물 젖은 빵으로 버텨왔다. 그리고 꿈과 희망을 잃지 않고 용기있게 학업에 정진하고 나의 길을 찾아온 결과 지금에 이르게 되었다.

이제 나는 내가 살아온 이야기를 거리낌 없이, 있는 그대로를 말하여 나누고자 한다. 부족하지만 이 글을 읽는 독자와 후배들이 작으나마 삶의 지혜를 얻어 인생의 시련과 고통과 어려움을 극복하고 살아갈 수 있다면 그보다 더 큰 보람은 없을 것 같다.

내가 태어난 1958년은 6.25 전쟁의 후유증과 상처가 아직 채 아물지 않아 많은 사람들이 가난에 허덕이던 때였다. 한반도의 허리를 잘라 놓은 6.25 전쟁은 우리 가족에게도 커다란 불행을 가져다주었다.

전쟁은 해방 후 그나마 남아 있던 우리나라의 모든 자원과 기반 시설들을 파괴하여 우리가 자력으로 산업을 발전시킬 힘과 의욕을 꺾어 놓았으며 무엇보다도 전쟁으로 인해 소중한 인명이 무려 200만 명이나 희생되었다. 더욱 슬프고 안타까운 것은 희생된 인명의 85%가 민간인이라고 하니 그들 개개인의 죽음과, 그 가정의 파탄과 국가와 민족이, 탐욕스러운 이데올로기에 의해 희생되었다고 봐도 무방할 것이다. 꽃다운 청춘이 쓰러져간 그들의 순절과 아름다운 생명을 어찌하면 좋을 것인가.

한국 전쟁으로 인해 한반도 전체가 폐허가 되었으며, 특히 일본이 만들어 놓은 북한 지역의 대규모 공업지역은 융단폭격을 당해 완전히 소실되었다. 한강의 다리는 모조리 끊어졌으며 수많은 전쟁고아가 양산되었다. 그리고 한국 전쟁으로 인해 1000만 명 이상의 이산가족이 발생하고 말았다.

그리고 1950년 6.25 전쟁 후 북한이 남한을 일시 점령했다가 9.28 수복으로 후퇴하면서 그들이 남겨놓은 지역당과 행정조직 그리고 그 추종세력이 그대로 빨치산이 되면서 남한 전역은 '낮에는 대한민국, 밤에는 인민공화국'이라는 혼란의 시기가 지속되었다.

이들 대부분은 지리산에 근거지를 잡고 있었는데 배고픔으로 인해 밤마다 총칼을 들고 먹을 것을 구하러 다니곤 했다. 이때 집안의 기둥이셨던 큰아버지가 괴한의 침입으로 운명을 달리하시고 말았다. 꽃다운 나이인 20대 초반, 결혼하신지 얼마 되지 않은 때였다. 이후, 집안의 대를 잇기 위해 할아버지는 어린 아버지를 본인 의사와는 상관없이 억지로 결혼 시키셨다. 무한한 꿈을 꾸며 성장해야 할 19세의 어린 나이에 아버지는 나를 낳고 십대 부모가 되셨다.

1950년대 시골

6.25전쟁

나는 손이 귀한 집안의 아들로 태어난 덕분에 조부모님을 비롯하여 모든 식구들로부터 사랑을 듬뿍 받고 성장했다. 비록 넉넉지 않은 살림에도 고기가 생기면 조부모님들은 나부터 먼저 주시곤 했다. 그래서인지 11살 때까지는 집안의 어려움을 전혀 모르고 근심 걱정 없이 자랐다. 짧은 기간이지만, 순수한 사랑을 받았던 이 시절이 있었기에 훗날 소외된 장애인들에게 사랑을 줄 수 있지 않았나 생각해본다. 그러나 11세 때 조부모님마저 세상을 떠나시고 난 후 나의 고난의 삶이 시작되었다.

아버지의 부재로 인한 아픔의 유년시절

내가 세상에 태어나 얼마 되지 않은 어느 날 아버지는 자신의 꿈과 6.25로 인하여 중단된 학업을 하기위해서 나와 어머니 그리고 연로하신 조부모님까지 첩첩산중 시골에 남겨놓고 홀연히 서울로 올라가서 수년 동안 소식을 끊고 지내셨다. 설상가상으로 사랑받고 의지하던 조부모님마저 세상을 떠나신 후 졸지에 어머니는 가장 역할을 맡으셔야 했다. 그러나 20대 초반

10대 아이스크림 장사(좌)
1960년대 유년기 놀이활동(우)

여성이 혼자서 아이를 키우는 것은 너무나도 어려울 수밖에 없었다. 경제적으로 어려운 상황에서 나는 초등학교 입학은 했으나 학습준비물 및 학업에 대해서 신경을 써 줄 수 있는 가족이 없기에 학교를 가지 않는 날이 많았다. 학교에 중요한 행사가 있는 날 특히 소풍 가는 날은 도시락을 가지고 갈 수 없어 뒷산에서 놀다가 집에 가는 경우도 많았다. 이렇게 학업에 대한 흥미도 없던 어느 날 서울 가셨던 아버지가 시골에 내려와 겨우 겨우 끼니 연명하며 살고 있는 어머니와 나를 서울에 데리고 가서 학교도 보내주고 호강시켜 준다고 하시며 외갓집에 가서 사업자금을 마련해 오라고 하여 외할아버지께서 키우시던 소 한 마리를 팔아 주시어 어머니와 나는 희망찬 마음으로 아버지를 따라 서울에 올라 와 조그마한 월세 방에서 남들처럼 아버지와 어머니가 함께 생활을 하기에 행복하다고 생각을 했는데 하루가 지나고 일주일 한 달이 지나도 학교를 보내 주지 않으시고 생활비마저 주지 않아 월세를 내지 못하는 것은 뿐만 아니라 밥 해 먹을 쌀과 연탄이 없어 하루 세 끼니가 해결 되지 않아 어머니와 아버지는 다투시고 가정불화로 서울에서 어머니와 나는 더 이상 버틸 수 없어 눈물을 머금고 시골에 가면 어렵기는 마찬가지겠지만 죽이라도 먹을 수 있지 않을까 하는 생각으로 시골로 다시 내려 왔다.

그렇지만 더 큰 고난과 시련이 대기하고 있었다. 친척은 물론 주변 사람들까지 서울에서 못살고 쫓겨 내려 왔다고 수군대며 업신여겨 눈물을 꾹꾹 삼키며 하루하루 먹고 살기가 어려워 다시 학교를 간다는 것은 상상도 못하여 초등학교를 중퇴 할 수밖에 없었다. 이후로 교복 대신 작업복을, 가방 대신 지게를 지고 일을 해야만 하는 처지가 되었다. 집채 같은 나뭇짐을 지고 산에서 내려오다가 교복을 입고 교모를 쓰고 배지를 단 친구들이 지나가는 것을 볼 때면, 부러운 마음을 이겨낼 수가 없었다. 끝없는 한숨과 비통함을 억누를 길이 없어 속으로 수없이 눈물만 흘렸다. 비단 지게질로 그치는 것이 아니라, 하루 종일 허리 한 번 제대로 펴보지 못하고 모내기, 김매기 등의 일을 하며 몸이 혹사되었다. 이처럼 고된 일과를 마치고 집으로 돌아오는 길에는, 하늘에 떠 있는 초저녁별을 바라보아도 어떤 꿈과 희망도 가 질 수가 없었다. 그래서 반항적으로 행동을 하면서 어머니의 마음을 아프게 하곤 했다. 어머니는 말씀은 하지 않았지만 남편 없는 어려움 보다 아들인 내가 삐뚤어져 잘못 될까봐 이중 삼중의 고통을 느끼면서도 아들 하나 잘 되기만 생각하며 살아 오셨다는 생각을 하니 가슴이 무척 아프고 후회스럽다. 그리고 성인이 된 지금은 가정을 떠나 버렸던 당시의 아버지도 나름대로의 당신만의 꿈이 있으셨을 것으로 이해는 된다. 그러나 겨우 10대에 지나지 않은 어린 꼬마 시절의 나는 아버지를 원망하고 또 원망할 수밖에 없었다.

시골 탈출 및 고난의 서울 생활 시작

그런 세월을 보내면서도 가장 뼈아픈 고통은 내가 무지하다는 걸 자각할 때였다. '무지한 자는 교통사고 현장에서 보았던, 아무런 의식 없이 누워있던 시체와 같다'라는 생각에 매일 매일을 허무와 절망만을 안고 살았다. 공부를 통해 무지에서 벗어나고 싶은 소망이 가슴 한편에 크게 자리 잡고 있었다. 하지만 우리 집의 형편은 나를 이러한 환경에서 탈출할 수 있도록 허락해 주질 않았다.

그러던 어느 날 서울로 갔던 친구가 내려와 나로 하여금 새로운 결심을 하게 했다. 서울에 가면 돈도 벌 수 있고 공부도 할 수 있다 는 것이다. 친구의 말에 난 이 적막하고 답답한 산골을 벗어나 내 젊음을 펼쳐 보려는 야망을 품고 서울행 새벽열차에 몸을 실었다. 그 때의 내 나이가 열일곱, 순수함과 솟구치는 정열을 간직한 나이였다.

그렇게 상경을 해서 처음 도착하여 내린 곳은 용산역 이었다. 서울로 올라 왔으나, 시골출신이 막상 할 수 있는 것이 없어 막막함이 앞섰다. 알음알음하여 안면이 있는 사람을 찾아가 보아도, 초등학교도 제대로 다니지 못한 무식한 시골뜨기는 받아줄 수 없다는 답이 돌아올 뿐이었다. 특히 당시 전라도에서 올라 왔다고 하면 마치 무엇이라도 훔쳐 갈 것처럼 도둑놈 취급을 했다. 그러다 겨우 처음 취직한 곳이 뚝섬 부근의 조그마한 학용품 공장이었다. 한글도 깨치지 못한 무식한 시골뜨기였던 나는 공부할 수 있는 기회를 마련해 주겠다는 공장장의 말을 순진하게도 철썩 같이 믿었다. 그러나 공부는 커녕 형편없는 박봉에 일만 쌓여 몹시 힘들었다. 선배들의 드센 텃세 속에 휘몰리고 이리 저리 물건 배달을 끝내고 난 뒤에는, 물먹은 솜뭉치 같이 지쳐 쓰러져 잠들기가 일쑤였다. 당시 한국 사회에는 누나들이 남동생들을 공부시키기 위해 공장에서 일하며 자기 삶을 희생하는 문화가 있었다. 이들은 사회의 밑바닥 일을 하며 고된 삶을 살아나갔다. 그런데 이보다 더 허드렛일을 한 사람들이 바로 나처럼 그들 밑에서 작업보조(흔히 '시다'라고 부른다)생활을 한 소년들이었다. 나를 비롯한 어린 소년들은 밑바닥 생활보다 더 밑의 생활을 한 것이다. 무의미한 일상을 보내면서도 다시 시골로 내려가는 것은 내 자존심이 용납하지 않았고 고향으로 돌아간다고 해서 가난을 면할 수 있는 것도 아니었다. 차라리 시골과는 일체 연락을 끊고 나는 '고아'라는 생각으로 악착같이 공부를 해보리라고 이를 악물었다. 그러나 이 공장 저 공장을 전전하면서도 공부할 수 있는 여건이 허락되는 직장은 찾아보기 힘들었다.

공장생활 중 사직공원에서

뚝섬공장지대

2장

어려움 속에서 싹 틔운 꿈 도전삶

"꿈은 희망을 갖게 한다."

절망을 벗어나기 위한 몸부림

나는 평범한 자 중에서도 지극히 평범했고 어느 것 하나 내세울 만한 것이 없었다. 머리가 우수하거나 특별한 능력이 있는 것은 더욱 아니었고, 더 정확히 말하자면 평범함 그 이하였다고 말하는 것이 옳았을 것이다. 그렇기 때문에 내가 살아가야 할 운명의 길은 슬픔, 좌절, 고난, 고독한 삶이 예견되어 있었다. 나는 하루하루의 삶이 먹기 위해서 사는지, 살기 위해서 먹는지 구분할 수 없을 만큼의 고통 속에서 몸부림을 쳤고, 메아리가 될망정 악으로 소리도 쳐 보았고, 누구 하나 보아주기는 고사하고 관심조차 가져주지 않아도 내가 할 수 있는 최선의 노력을 다했다. 이렇게라도 일정기간이 지나다보니 몸부림은 한 순간의 슬픔과 고독을 이겨내는 약이 되었고, 허공에 악을 쓰며 소리쳤던 메아리는 메아리로 끝나지 않고, 주변 사람들에게 약간의 호기심을 갖게 했고, 누구하나 보아주지 않는 최선의 노력이었지만 나의 능력이 조금씩 키워지고 있음을 스스로 감지할 수 있었다. 이렇게 어렴풋이나마 슬픔, 좌절, 고독, 고통을 이겨내는 법, 능력을 키우는 법, 주변사람들이 나에게 관심을 갖게 하는 법을 조금씩 터득하면서 절망과 불행만 예견되었던 나의 인생에도 희망이 미세하게나마 보이기 시작했다. 이때부터 나도 조그마한 인생목표를 향해서 앞으로 전진해 나가려고 했다. 물론 미세한 힘으로 앞을 향해서 전진은 한다 하지만 정신적으로, 육체적으로 힘이 부족한 때인지라 좌절했고, 극복하기 어려운 순간이 계속될 때는 모든 것을 포기하고 되어 가는대로 살고도 싶었다. 그렇지만 한번 세운 목표가 한 순간에 물거품이 되어서야 되겠는가하는 다부진 마음을 잃지 않자 작은 목표를 달성할 수 있었다. 그러나 좀 더 시간과 인내를 요하는 목표는 내 의지와 힘으로 감당할 수 없는 시련과 고통이 너무 많았기 때문에 자신도 모르는 사이에 외로움과 좌절감이 엄습해 밀려 올 때는 나는 '도저히 할 수 없어'라며 푸념 아닌 푸념을 하기도 했다. 하지만 이런 가운데서도 마음 한편에서는 앞으로 전진은 하지 못할망정 후퇴는 하지 말자, 제자리에서 악으로 버티는 데까지 버티어 보자며 인내를 시험하는 가운데 희미하게 뇌리를 번쩍 스치는 글귀를 보게 되었다.

천둥 번개 치며 온 세상이 먹구름 속에 덮여
한치 앞이 안 보이는 캄캄한 상태에 있어 보아라.
아마 온 세상이 이렇게 끝날 것 같은 절망감이 들지 않느냐……
그러나 소나기가 시원하게 쏟아지고 나면 언제 그랬냐는 듯이
먹구름이 걷히고 파란하늘 저편에 찬란한 한줄기
광명의 빛이 비추어 올 때의 느낌을 받아 보아라!
절망이 소망으로 바꿔지는 기분이 들지 않느냐!

이래도 우두커니 제자리에서 버티기만 할 거냐……

이 글을 보는 순간 나는 온 몸에서 힘이 솟구쳐 올라오는 느낌이 들었다. 이 글이 내 생애에 큰 용기를 주었고 큰 힘이 되어 내 인생 목표를 이루어 나가는데 원동력이 되었던 것 같다. 우리 인생과 삶도 절망 속에서 절망감에 사로잡힐 때가 많지만, 먹구름이 걷히고 파란 하늘 저편에 광명의 찬란한 한줄기 빛이 비춰올 때 그 순간의 기쁨과 환희는 캄캄한 먹구름 속에서 천둥, 번개 치는 순간 절망에 사로잡혀 좌절을 느꼈지만 그것을 견디고 버틴 자만이 맛 볼 수 있지 않을까. 이렇게 힘들더라도 참고 인내하며 고난을 극복하고 최선을 다하여 준비하는 마음으로 때를 기다린다면 좌절과 고독은 마냥 고통스럽지만은 않을 것이다. 사람은 준비하는 가운데 기회가 왔을 때 더욱 큰 능력을 발휘할 수 있고 탄탄대로로 쭉 뻗어 나갈 수 있는 것이다. 개구리가 움츠렸다가 뛸 때 더 멀리 뛸 수 있듯이 고난, 좌절, 슬픔, 고독을 맛본 자만이 진정한 승리의 성취감을 느낄 수 있을 것이다. 만약 그렇지 않고 좌절, 고난, 고독이 엄습해 올 때 그대로 주저앉아 헤어나지 못하고 환경과 자기주변 모든 것들을 부정만 해 버린다면, 그 운명은 한평생을 그렇게 살 수 밖에 없을 것이다.

최악을 극복하면 최대의 기회가 온다

19세 되던 해 눈 내리는 어느 겨울날, 당시 나는 뚝섬에 있는 나일론 제품 공장에서 일하고 있었다. 그 날 나는 제품을 운반해주고 돌아오는 길에 부주의로 교통사고를 당하게 되었다. 오른쪽 다리를 크게 다쳐 6개월간 병원에 입원하여 투병생활이 시작된 것이었다. 다리를 잘라 내야 할 형편이었지만 천만다행으로 스물여덟 바늘을 꿰매고 접합 수술이 성공하여 위기를 모면할 수 있었다. 당시 간호사들이 써놓은 위로의 카드는 힘든 투병 생활 속에 찾아온 작은 선물처럼 나에게 위로를 주었다. 병원에서 회복해 가면서 나는 '세상의 가장 아래에 있는 사람들을 도와야겠다'는 생각을 하게 되었다. 6개월간의 병원 생활을 청산한 뒤, 내가 가야 할 길을 분명히 깨달았다. 그것은 장애인과 함께 하는 삶이었다.

또한 6개월간의 투병생활은 내게 인생의 전환점과 정신적 성숙의 계기가 되었다. 보기에도 끔찍한 상처가 시간이 흐름에 따라 점차 아물어 갔다. 이러한 회복의 과정을 겪으면서 인간의 삶의 과정도 이러하지 않을까 생각했다.

"아무리 어려운 역경이 닥쳐오더라도 이를 극복하기 위해서 노력하면 다시 소생할 수 있는 희망의 길이 열리게 된다."이것이 바로 내가 병상에서 깨달은 진리였다.

내 삶의 이정표가 되어 주신 은인과의 만남

퇴원 후, 공장으로 다시 돌아 갈 수 없었다. 수술은 성공했으나 아직은 몸이 완전히 예전과 상태로 돌아 온 것이 아니었기 때문이다. 그러나 먹고는 살아야 하기 때문에 몸에 무리가 덜 가는 일을 찾아, 연세대학교 세브란스 병원 앞에서 구두닦이 생활을 시작했다. 그러면서 초등학교를 중퇴를 한 지 10여년 만에 초등학교 교과서를 청계천 헌책방에서 구입해 틈틈이 읽기 시작했다. 그러나 모든 일이 사람 마음만으로는 되지 않는다. 공부를 해야겠다는 마음은 어느 누구보다 강했지만, 한글도 잘 모르는 상태에서 초등학교 교과서를 독학하는 것은 너무나 어려운 일이었다.

이 무렵 내 인생의 대 전환점이 되는 가장 운명적인 만남이 이루어진다. 인생의 이정표이자 안내자이신 권영석 선생님을 만나게 된 것이다. 구두를 닦을 때 '꿈이 뭐냐'고 물으신 권영석 선생님은, 자신을 찾아오라고 하셨다. 그리하여 나는 물어물어 그분이 계시는 종로 2가를 찾아갔다. 1970-80년대 종로2가는 대입재수생들을 위한 대입학원들이 모여 있는 곳이자 우리나라 각종 모든 학원들이 있는 곳이었다. 권영석 선생님은 과거에 고려대학교 법학과 재학 중, 군사혁명정권의 정책과 대통령 3선 개헌 등에 반대하는 관계로 블랙리스트에 올라가 있었다.

6.3 항쟁은 1964년에 정부가 주도하였던 일본과의 국교 정상화에 강력히 반대하여 대학생 및 일반시민 그리고 재야인사들이 주도하여 일으켰던 반일 성향의 항쟁이었다.

당시 박정희 대통령이 한일 관계 정상화를 추진하게 된 것은 한국 경제를 부흥하기 위해서는 일본과의 기술 및 경제 협력 이 불가피하다고 봤기 때문이었다. 하지만 우리나라는 광복 이후 일본과 외교 관계를 맺지 않고 있었는데, 일제강점기를 35년이나 겪어온 우리나라 국민들에게 일제 강점과 자원 수탈에 대한 철저한 보상없이 갑작스런 수교란 큰 분노를 사지 않을 수 없었던 것이다.

또 5.16 군사정변에 의한 군사정권은 민간인에게 정권을 이양하고 물러나기로 약속한 공약을 거듭 여기면서 군사혁명정권의 주동자인 육군대장 박정희 국가최고회의 의장이 대통령을 4년씩 2번 연임하고도 3번이나 연임하려는 대통령 3선 개헌을 하므로 1969년에 전국적인 반대운동이 일어난 것이다.

권영석 선생님은 이러한 군사정권때문에 많은 어려움을 당하게 되셨다. 하지만 선생님은 그러한 어려움에 굴하지 않으시고 정상적인 정규학교를 다니지 못하거나 중퇴한 학생들이 주간에는 일하고 야간에는 공부할 수 있는 야학이나 검정고시 준비학원에서 학생들을 가르치고 지도하시며 사회에 헌신하고 계셨다. 또한 선생님은 공부할 기회를 놓치고 어렵게 살아가고 있는 직업 청소년들을 위하여 야학에서 공부하는 학생들에게 도시락을 제공하면서 진로상담을 해 주셨다.

내가 선생님을 만나 뵈러 찾아갔을 때에 나의 심장은 두려움과 설렘으로 쿵쾅거렸다. 나의 살아온 길과 나의 꿈, 내가 하고 싶은 것들을 말씀드리자 선생님은 나를 따뜻하게 대해주시며 검정고시를 시작해 보라고 하셨다. 그런 제도가 있는지 알지 못했던 나는 선생님 덕분에 제대로 공부할 수 있는 길을 찾게 된 것이었다. 선생님은 내가 공부를 해야 하니 구두닦이와 비슷한 수입이지만 공부 할 시간이 확보되는 신문팔이 일을 하는 것이 어떻겠냐고 조언해 주셨다.

제 나이에 배움의 기회를 놓치고 정규 중 · 고등학교 생활을 하지 못한 사람들이 속성으로 1~2년을 공부해 시험에 합격하면, 국가에서 인정하는 졸업장을 받아 대학까지도 갈 수 있다는 말을 듣고 나는 마치 암흑 속에서 한줄기 광명을 찾는 듯 했다. 그리하여 나는 구두닦이 일을 정리하고 신문

낙원상가앞 신문판매

구두닦던 연대앞

배달을 일을 구했다. 물론 일은 고되고 밥도 제대로 챙겨먹기 힘든 환경이었지만 희망에 부풀어 신문뭉치를 둘러메고 하루하루를 보내는 일이 마냥 즐겁고 행복했다. 권영석 선생님께서는 마치 아버지처럼 나에게 한없는 용기를 불어넣어 주셨다. 메마른 사막에서 오아시스를 만난 듯 내게는 한 줄기 샘물이었던 것이다. 그분은 나를 격려하여 대학까지 진학하게 하셨고 남을 도울 수 있는 삶을 살도록 이끌어 주셨다. 무엇보다 소중한 것은 방황하는 나를 신앙의 길로 인도하여 복음의 통로가 되게 해 주신 것이다.

발 쭉 펴고 잠을 잘 수 있는 보금자리

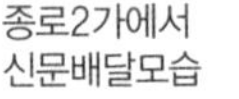
종로2가에서
신문배달모습

학생회시절

권영석 선생님 덕분에 나는 낮에는 신문배달을 하고 저녁에는 종로에 있는 K검정고시 학원에서 공부를 할 수 있게 되었다. 다행스럽게도 학원 강의실 청소를 해주는 조건으로 학원비를 면제받고 공부할 수 있었다. 이렇게 공부할 수 있는 것만으로도 누구하나 부러 울 것 없이 하늘을 날아다니는 듯 한 기쁜 마음이었다. 다만 한 가지, 숙박 문제는 해결되지 못했는데 나는 하루일과를 마치고 돌아가서 쉴 수 있는 보금자리가 없어서, 신문 보급소 사무실 귀퉁이에서 불편한 숙박을 해야만 했다. 시대가 어렵고 재정 형편이 넉넉지 않아서 그 곳에서는 화장실 옆에서 식사를 해야 하는 비위생적인 면도 있었다.

그러던 어느 날, 학원에서 함께 공부하던 신종대씨 소개로 서울 동대문구 용두동에 소재한 한국청소년학생회에 들어가게 되었다. 이 학생회에서 잠자는 곳을 마련해 주면서 자연스럽게 숙박 문제가 해결되었다. 그래서 하루 일과를 마치면 편안한 마음으로 돌아가서 발을 쭉 펴고 잠을 잘 수 있는 보금자리가 생겼다. 그곳엔 나 이외에도 가출소년들이 와서 50명 정도 함께 생활했다. 신문 보급소보다는 여러 면에서 환경이 좋지만 다양한 가출청소년들이 모여 있는 단체이기에 매일 사건 사고가 빈번하여 해병대 이상으로 통제와 규율이 엄격했다. 일반적인 사람들의 가정과는 비교할 수는 없겠지만, 나에게는 일가친척 하나 없는 서울 하늘 아래 일을 하면서 안정적으로 공부하고 밤에는 피곤한 몸을 쉴 수 있는 잠자리가 있는 것만으로도 감사할 일이었다.

남들이 보기엔 여전히 열악한 환경이었을지 몰라도 나는 나에게 주어진 기회들에 감사하면서 나만의 공부법을 찾아가며 학업에 몰두하고자 했다. 예컨대 공부방법에 있어서 나는 나만의 노하우를 만들어갔다. 초등학교 검정고시 시험을 준비하기 위해서 초등학교 전 학년의 교과서를 한 곳에 펼쳐놓고 횡으로, 종으로 연관된 단원들을 한 번에 꿰뚫듯이 공부하면서 자연스레 기초부터 하나씩 나선형으로 이해가 되는 것이었다.

또한 중학교 과정을 공부할 때에는 남들이 어려워하는 방정식 같은 경우도, x와 y와 같은 기호를 동그라미(O)로 이해하여 이항하고 대입하면서 자연스레 수학의 원리도 깨우칠 수 있었다. 당시 나에게 이처럼 최소한의 외부적 지원이 없었다면 당연히 공부를 할 수도 없었을 것이고 또한 빠르게 발전해 나가는 시대적인 궤도에 동승을 하지 못했을지도 모른다.

실제로 당시에 근로를 하면서 공부를 병행하지 못한 많은 또래와 청년들이 있었던 것을 생각하면 학원비와 숙박 문제를 모두 해결하면서 공부를 할 수 있었던 나는 참으로 축복받은 사람이 아닐까 생각한다.

노력 끝에 맺은 결실

낮엔 신문과 주간잡지를 팔면서 저녁에는 검정고시 학원에 나가 공부를 한 결과, 내 나이 21살, 1978년 8월에 중학교 입학자격 검정고시에 합격했다. 드디어 국민 학교 졸업장을 손에 쥐게 된 것이다. 나는 너무 기뻐 눈물을 그칠 수가 없었다. 하지만 거기에서 만족할 순 없었다. 나는 그 후도 계속해서 중학교 검정고시 과정에 등록하여 주경야독을 하였고 그 결과 1979년 4월에는 고입 검정고시에 합격했다. 22세란 나이에 겨우 중학교의 관문을 통과했지만 여기에서 얻은 자신감은 아마 천금을 주고도 살 수 없을 것이다. 이러한 자신감이 줄곧 내 인생의 주춧돌이 되어 주었다. 쇠뿔도 단김에 빼라고 했다. 나는 내 결심의 고삐를 늦출 수 없다는 마음에 곧바로 대입 검정고시에 도전했다.

인생은 '도전과 응전'의 연속이다. 고난에 도전하고, 또 고난이 '도전'해 오면 의지로 '응전'하고……. 여기에서 인류의 역사 뿐 아니라 개인의 역사도 발전해 간다는 것을 깊이 깨닫게 되었다. 그 동안에 얻은 나의 성취는 여러 매스컴에 오르내리면서 조선일보 사장 표창, 청소년 선도위원회 표창, 서울시 경찰국장의 표창 등을 받게 되었다. 나는 이것을 더욱 더 열심히 노력하라는 채찍질로 생각하고 고등학교 과정 공부에 박차를 가했다.

그 후 1981년 4월, 고등학교 졸업자격 검정고시에 난 당당히 합격했다.

우리네 삶 속에서 고통과 좌절이 밀려와도, 의연한 마음으로 버티고 낙숫물이 주춧돌을 뚫듯이 인내로 이겨내면 내일은 여유로운 삶이 된다' 라는 신념으로 나는 고통과 좌절을 이겨냈다. 검정고시 합격이 라는 성과가 이러한 과정 속에서 얻어진 것이기에 더욱 값지고 아름다운 것이 아닐까 생각한

합 격 증 서

증서 제78-170호

주민등록번호

성명 卞相五

년 월 일생

상기자는 1978년도 당 위원회에서 시행한 중학교 입학자격 검정고시에 합격하였음을 증함

1978년 8월 14일

서울특별시교육위원회교육감

초등학교 졸업검정고시 합격증

합 격 증

제 841 호

본적 전라북도

성명 변 상 오

년 7월 일생 (남·여)

위의 자는 1979년 4월 21~22일 시행 고등학교 입학자격 검정고시에 전과목 합격하였음을 증명함

1979년 5월 16일

서울특별시교육위원회 검정고시 위원회 위원장

중학교 졸업검정고시 합격증

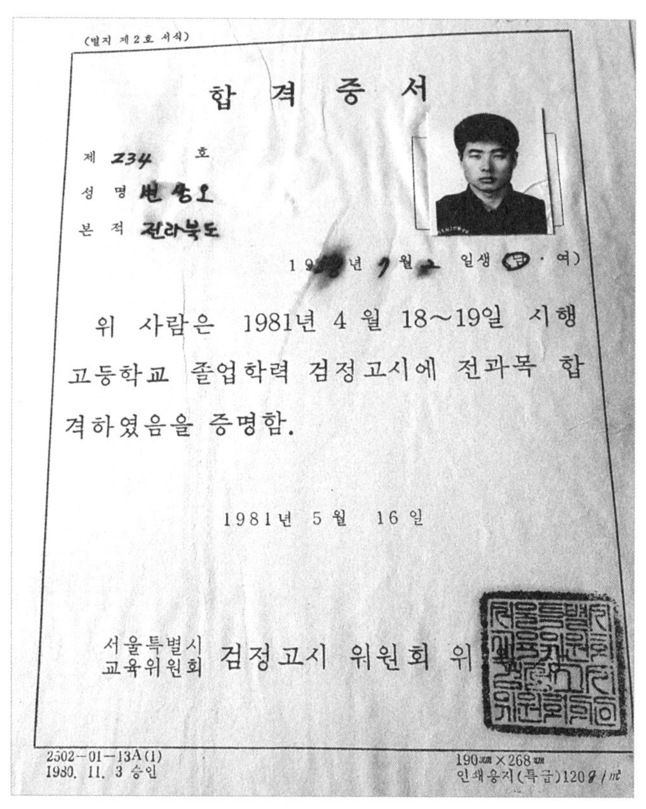

(별지 제2호 서식)

합 격 증 서

제 234 호

성 명 변상오

본 적 전라북도

년 7월 일생 (남·여)

위 사람은 1981년 4월 18~19일 시행 고등학교 졸업학력 검정고시에 전과목 합격하였음을 증명함.

1981년 5월 16일

서울특별시 교육위원회 검정고시 위원회 위

2502-01-13A(1)
1980. 11. 3 승인

190㎜×268㎜
인쇄용지(특급)120g/㎡

고등학교 졸업검정고시 합격증

다. 사실 대부분의 정규교육을 받지 못한 사람들은 우선 배움의 한을 풀기 위해서 책을 붙잡게 된다. 그러나 오직 한을 풀기 위해 대학에 들어가야겠다는 것은 어느 면에서 보면 단편적이고 편협한 자기만족이 되기 쉽다. 보다 더 창조적이고 적극적으로 살고자 하는 눈이 열리게 되면, 우리의 인생은 나 하나를 위해서 주어진 것이 아니며 우리의 이웃과 후손을 위한 밑거름이 되어야한다는 것을 알 수 있게 된다. 나는 그런 삶을 살아야 비로소 의미있는 삶을 살게 된다는 것을 깨달았다. 나는 이러한 나의 작은 성공의 경험을 바탕으로 사회의 밑바닥에 있는 외로운 이들 위하여 내 삶을 헌신해야겠다는 꿈을 더욱 키워갈 수 있었다. 나의 꿈은 장애인을 위한 삶을 향해 달려가고 있었다.

큰 바위는 어떤 비, 바람에도 흔들림 없이 묵묵히 제자리를 지키고 있지만 한번 움직여 굴러가기 시작하면 누구도 막지 못한다. 큰 바위 같은 사람은 곤경과 어려움이 연속되더라도 어떤 유혹에도 흔들림 없이 묵묵히 내일을 준비하고 있다가, 진정한 기회라고 생각하면 과감하게 밀어붙이는 것이다. 억울함, 비참함, 남들의 조롱으로 어디 하나 희망이 없는 절박한 순간일지라도 묵묵히 자신의 가치와 능력을 키우다 보면, 언젠가는 자신의 가치를 인정해 주는 사람을 만날 수 있을 것이다. 진흙탕 속에서 밝게 피어나는 꽃이 아름답고 생명력이 있듯이, 자신의 삶도 짓밟히고, 깨어지고, 이리 넘어지고, 저리 넘어지고, 초라하게 될지언정, 울며 부대끼면서 진정한 가치를 향해서 묵묵히 노력할 때, 진정한 기회를 잡고 진정한 승리하는 날이, 자신의 인생 꽃이 활짝 피어 날이 반드시 올 것이다.

3장

장애인 교육을 위한 특수학교 교사 도전

"1980년대 법과 제도가 정비 되지 않은
장애인 특수교육을 사명으로 새로운 인색의 시작."

희망찬 대학 생활

시간이 흘렀다. 더불어 나의 학업의 열매도 익어갔다. 꾸준히 일과 공부를 병행해 간 끝에 그 해 12월 대입학력고사에 응시할 수 있었다. 그러나 기대했던 것 보다는 그리 좋은 점수가 나오질 않았다. 하지만 이미 결심한 진로를 바꿀 수는 없었기에 전주 우석대학 특수교육학과에 원서를 냈다. 결과는 합격이었다. 무척이나 기뻤고 나 스스로도 대견스러웠다. 사실 대학을 진학하던 당시에도 고민을 많이 했다. 마침 그때에 중동에 건설노동자로 가면 돈을 많이 벌 수 있다고 했고 한양건설을 통해 중동에 가는 선택을 할 수도 있었다. 몇 년간 타지에 나가 열심히 일한다면 나도 목돈을 만져볼 기회가 올지도 모르는 것이었다. 이 기회를 잡으면 돈을 벌수도 있다는 생각에 내면에 많은 고민을 불러 일으켰다. 하지만 문제는 중동에 건설노동자로 간다면 내가 그동안 쌓아온 학업에의 노력과 대학 입학이 물거품이 되는 것이

대학 생활

대학졸업사진

었다. 게다가 나는 대학 등록금도 제대로 낼 수 없는 형편이었다. 경제적으로만 놓고 보면, 나는 당연히 돈을 버는 것이 옳은 줄 알았다. 하지만 나는 나의 미래와 꿈을 위해 투자하기로 결심했다. 그리하여 나는 특수교육을 하겠다는 하나의 꿈을 확고히 한 채 돈보다 공부를 선택했다.

합격의 기쁨과 결연한 의지에의 결단도 잠시, 나는 곧바로 등록금이라는 현실의 벽을 마주하게 되었다. 하지만 마냥 걱정만 하고 있을 수는 없는 노릇이었다. 마음 한 구석에서 "내가 이제까지 버텨왔는데 여기서 주저앉을 수는 없지"하고 오기가 발동했다. 여러 가지 궁리 끝에 매스컴에 내 처지를 호소해 보기로 했다. 그리하여 전북신문사에 찾아가 부탁했더니 다음날 나의 이야기를 작게 기사로 내주었다. 다행히 그 기사를 보신 당시 우석대 학생과에 근무하시던 이주필 과장님께서 이사장님과 학장님께 건의하시어서 나를 4년간 장학생으로 공부할 수 있게 해 주셨다.

정규과정을 따르는 학교로는 대학교가 처음이었기에 나는 어느 누구보다 가슴이 설레었고, 꿈과 낭만 속에서 많은 책을 읽으며 자유로운 생각을 하고 동료 선후배들, 교수님들과 다양한 주제로 토론을 하겠다는 여유로운 대학생활의 낭만에 대해 꿈꿨다. 그러나 막상 오리엔테이션과 입학식을 마치자 당장 생활비를 해결해야 한다는 문제가 다가왔다. 학비는 장학금으로 충당할 수 있었지만 생활비 마련은 어떻게 해야 할지 앞이 막막했다. 그래서 최대한 수업에 지장 없이 할 수 있는 일을 찾다가 평일엔 강의 시간 중간 중간 수업이 없는 시간을 이용하여 강의동 계단 밑에서 교수님들의 구두를 닦고, 주말에는 강의실 대청소와 학교경비 일을 하게 되었다. 구두를 닦는 일은 단순히 생활비를 버는 목적도 있지만, 여러 사정으로 공부할 수 있는 기회를 놓친 후배들에게 검정고시를 통해서 대학을 갈 수 있는 길을 안내 해 주고 안정적인 생활 속에서 공부할 수 있는 기회를 주기 위한 이유도 있었다.

생활비를 위해 일을 했지만, 장학금을 지속적으로 받기 위해서는 일정 수준의 학점이 유지되어야하기에 학업도 게을리 할 수 없었다. 이처럼 일과 학업을 병행하는 생활에 점차 적응이 되고 삶이 안정이 되어가면서 내가 그렇게 꿈을 꾸어 왔던 장애인학교 교사가 되기 위한 특수교육 전공 강의를 듣게 되었다. 어려움들이 즐거움과 기쁨으로 변화가 되었다. 이후 최대한 수업과 아르바이트에 지장을 주지 않는 범위 내에서 시간을 확보하여, 여러가지 교내외 활동을 했다. 교내활동으로는 특수교육과 과대표 및 학회활동을 했고, 대학 내 검정고시 출신 후배들과 함께 검정고시 응시자들에게 도움을 주는 동아리를 만들었으며 장애인들에게 도움을 주는 봉사 동아리를 만들어 활동했다. 교외활동으로는 학술세미나, 장애인 관련단체 행사기획과 봉사활동을 진행했다. 봉사 동아리에서 농아인 혹은 시각장애인들과 관련된 단체를 찾아가 그들이 수업을 듣는 것을 도와 드리곤 했다.

카메라 따라 발길 따라

세상에 빛을, 변상오 학우를 찾아

우리학교 가동 현관 옆에 항상 웃음 띤 얼굴로 빛을 내고 있는 자가 있다.

봄볕 따스한 오후에 기자가 만난 변상오군이 바로 그 주인공인데 화사한 얼굴로 반갑게 맞아주었다.

그는 본교 특수교육과 2학년 재학중인데 검정고시로 교육 전과정을 마친 의지의 청년이기도 하다.

이미 지난 17일 서정상 이사장을 통해 이영기검사 장학금을 전달 받은 바 있었던 변군은 어려운 가정환경을 이기고 투철한 신념으로 틈틈히 아르바이트를 하여서 자신과 같은 처지의 학생들을 도와오고 있었단다.

구두를 닦는 그는 아침 8시에 학교에 등교해서 학교 청소를 하고 강의를 들으며, 시간 틈틈이 구두를 닦는다.

구두를 닦게 된 동기를 묻자 사람들은 좋은 일하는 것을 무슨 거창한 일로 생각하는데 조그만 일에서 부터 남을 도울 수 있다는 것을 又石人에게 인식시키고 싶었단다.

구두를 닦는다는 것을 조금도 부끄럽게 생각하지 않는 변군은 남을 돕는다는 것은 어려운 일이지만 사실 그다지 어려운 일만은 아닌 것 같다고 술회한다. 다만 이세상 어던가에 남이 알든 모르든간에 착한 일 하는 사람이 있는 것에 기뻐서 눈물이 난다 한다.

『지금 그는 이시간에도 열심히 빛을 내고 있다.』

第3921號 <第3種郵便物(가)級認可>

처음 받아볼 卒業狀

初·中·高과정 모두 檢定고시 거친 又石大 卞相五군

학사모를 쓰는 것만으로도 졸업생들의 감회는 남다르다. 학창생활이 고생과 인내로 점철되고 더우기 처음 맞이해 보는 졸업식이라면 이날의 감격은 주체키 어려워진다.

『처음 참석해 보는 졸업식이라서 가슴이 설레려니 했는데 막상 식이 시작되니 담담해 집니다.』 올해 4번째 맞는 졸업식이어야 할 대학 졸업식이 처음이자 마지막이 됐다.

<卞 相 五 군>

24일하오2시 又石大 졸업식장의 卞相五군(27·특수교육과졸)은 처음 받아보는 졸업증서가 대견스럽기만했다.

卞군이 「학교」라는 이름이 붙여진 곳을 다녀본것부터가 처음이었다. 그는 국민학교 중

新聞배달·막노동등 안해본일 없어
관심 많던 特殊아동 교육 헌신할터

학교 고등학교를 거치지 않은채 대학에 막바로 진학해 버렸다. 내리 검정고시만을 치른것.

그 이유는 남들처럼 머리가 좋아서도 아니었고 스스로 학교를 싫어해서도 아니었다. 다만 어려운 가정형편이 졸업식장에의 영광과 축복을 한번으로 제한 했을뿐이었다.

『교정의 풀한포기、돌멩이 하나에도 정이 들었읍니다』、그는 책만으로 얻을수 없었던 소중한 것들을 학교를통해 듣고 보고 느낄수 있었다고 한다.

대졸자의 취업이 암담한 현실에서 그가 가졌던 직업은 눈물겹도록 많다. 『신문배달 공원、식당종업원、 막노동등 안해본것이 없읍니다.』 그는 4년동안 학교에서 구두를 닦으며 공부해 왔다. 학교가 「배움의 요람」이자 「생활의터전」이었다. 이번 마지막 겨울방학동안에도 그는 仁川에서 하수도공사에 「참여」했고 화물 하역에도 「일조」를 했다.

『검정고시 출신들은 아무래도 인간관계에 있어 부족한 점이 많은것 같습니다. 생활도 어려웠을 것이고 피해의식 같은게 작용해 더욱 그런거죠.』 그는 이들이 함께 모여 이야기 하도록 서클「반딧불」을 만들어 놓기도 했다. 서클 후배들이 주는 꽃다발에 더욱 큰 감회를 느끼는 것도 그 때문이다.

사회로부터 달갑지 않은 눈총을 받는 특수아들에 관심이 많았던 그는 富川에 있는 혜림학교의 교사로 근무하게됐다. 졸업 다음날부터 출근하기로 했다는 卞군은 『많은 정을 쏟으며 많은 졸업식을 보게 될것 같다』고한다.

『학문의 깊이를 느껴보지 못한 것이 아쉽습니다.』 「진리의 길이가 만길이라면 우리는 또다시 만길 더하고…」그가 가진 유일한 校歌가 처음이자 마지막 졸업식의 大尾를 거두어갔다.

<文炅敏 기자>

졸업話題

특수학교 초임교사 시절의 빛나는 추억

황금 같은 대학시절은 빠르게 흘러갔다. 어느덧 4년이 흘렀고 난 사각모를 쓰게 되었다. 그리고 1986년 3월 인천 연안부두에서 3시간 동안 배를 타고 가는 서해안 오지의 섬 장봉도에 있는 정신지체아 특수학교인 부천혜림학교 장봉혜림분교장 개교팀으로 초임발령을 받았다. 희망찬 특수학교 교사로서의 길이 시작된 것이었다.

우리나라 특수교육의 초기인 1980년도의 상황은 열악했다. 지금은 장애인 교육에 대한 정부지원과 사회적인 인식이 좋아졌지만, 30년 전에는 장애인을 '정신박약'이라 칭할 정도로 인식이 좋지 않았고, 특수교육에 대한 관심 자체가 부족해 정부 지원이 없었다. 특수교사가 업무하는 환경은 매우 열악했다. 한사람이 1인 다역을 해야만 했다. 교사들은 장애학생들에 대한 학습지도뿐만 아니라 공문서 수발 및 작성도 해야 했고, 청소와 시설보수, 각종 농사일도 쉬지 않았으며 학생들의 생활지도에도 소홀함이 없어야 했다. 또한 무엇보다 중요한 것은 나쁜 위생상태로 피부병에 걸린 아이들도 많아서 밤마다 학생들의 진물을 닦아내고, 씻기고를 반복해야 했다.

부천혜림학교의 분교로 학교가 지어졌지만, 겨우 교실 3개 정도였다. 그

직원조회

부천 혜림학교 장봉분교장 개교 첫 입학식

렇기 때문에, 교사들이 모두 합심하여 직접 장봉혜림원의 부속 건물을 증축해야 했다. 그래서 낮에는 아이들과 수업을, 밤에는 교실꾸미기, 각종 서류 및 장부 만들기를 하고, 수업이 없는 오후에는 아이들과 함께 벽돌을 찍고, 앞장수리에서 경운기로 자갈 모래를 운반하며 노동을 했다. 겨울철에는 추운 겨울을 따뜻하게 지내기 위해 강화도 선두리에서, 배에 봉명탄을 가득 실어 오곤 했다. 그런 날에는 재활원 학교 전 직원들과 아이들이 장봉 옹암 배터로 가서 하역작업을 하여 다시 장봉분교장까지 경운기 리어카로 나르기를 했다. 봉명탄 가루로 아프리카 사람처럼 새까맣게 깜둥이가 되어 서로의 얼굴을 보며 웃던 아름다운 추억을 잊지 못한다. 이처럼 열악한 환경과 시설 속에서도 나에게는 아름다운 추억들이 쌓여갔다.

어느 날은 부천혜림학교의 임병덕 이사장님이 방문해 주셨다. 그 분께서는 "아이들에게 교육도 중요하지만 예배와 찬송을 소홀히 하면 안 된다"고 하시며 예배와 찬송이 생활화되어 주님께 감사하는 신앙생활을 강조하는 말씀도 해주셨다.

임성만 원장님도 잊을 수 없는 분이다. 그 분은 대한민국 특수 교육의 미래, 장애인복지의 꿈과 비전을 제시해 주셨던 분으로서 특수교사가 가져야 할 가치와 철학, 기본자세 및 소양, 업무능력향상을 위해 다양한 분야 많은

체조시간

장봉에서 학교건물 건축을 위한 벽돌 작업

전문가들을 초빙하여 연수를 진행해 주셨다. 장봉재활원과 장봉분교의 발전계획 및 비전에 대해서 임성만 원장님과 밤을 새워 토의했던 기억은 아직도 잊을 수가 없다. 이와 같은 경험은 내가 특수교육, 그리고 장애인 복지에 관한 큰 그림을 그릴 수 있는 밑거름 되었다. 그리하여 내가 다른 일들을 하면서도 최대한 시간을 내어 훗날 지역사회 소외된 장애인들을 위한 그루터기 장애인 여가생활학교를 설립할 수 있는 원동력이자 기본 마인드가 자리잡을 수 있게 된 것 같다.

장봉분교의 한 학급은 20명 정도가 되었는데 어느 정도 능력이 있는 아이들이 능력이 부족한 아이들을 서로서로 도와주었다. 부모님들도 학교에 오시면 학교 청소에서부터 학습보조까지 가리지 않고 도움을 주셨고, 무엇이든지 교사들과 소통했다. 30여년 지난 지금까지도 장애 자녀의 어려운 일을 상담하는 것은 그만큼 신뢰가 있기 때문이 아닐까 생각한다. 요즘 젊은 교사들과 학부모님들이 자존심으로 인해 서로 밀리지 않으려하는 살벌한 관계에서는 상상할 수 없는 일이다.

내 삶을 진정으로 바꾼 보배와의 만남

우리 집사람과 첫 만남은 논농사가 한창인 6월 어느 날이었다. 우리 반 아이들과 직업실습인 논농사를 마치고 돌아온 때였다. 작업복 차림의 검게 탄 얼굴의 볼품없는 농사꾼 상태인 나와, 생활지도교사로 새로 들어온 아름다운 집사람과의 운명적 첫 만남이 이루어졌다. 그날 집사람을 처음 보았을 때를 잊을 수 없다. 백옥 같은 피부에 밝은 미소, 뽀송뽀송한 솜털, 새하얀 손, 초롱초롱한 눈망울이 신비스러웠다. '저렇게 깨끗하고 아름다운 여인이 이런 곳에 있을 수 있나'하고 의심이 갈 정도였다. 그 당시에 나는 그녀와 격이 다르다고 생각했고, 감히 사귀고 싶다거나 아내로 맞이하겠다는 생각을 전혀 하지 못했다.

그렇게 생각하며 생활한지 몇 개월이 지난 어느 날 아내는 갑자기 소리 소문 없이 장봉도를 떠나가 버렸다. 그렇게 떠나가 버린 후에야 내 마음 속 깊숙한 곳에 그녀를 사모하는 마음이 자리 잡고 있음을 확인하게 되었다. 후회하고 그리워하며 몸부림치다가 밤을 지새우는 날이 많았지만, 그렇다고 뚜렷한 방법이 없었다. 이렇게 애간장 다 녹이며 몇 개월 지난 어느 날이었다. 새해 시무식을 하기 위해 본교인 부천혜림학교 강당으로 가는 길에 그렇게도 그리워했던 그 사람이 내 곁을 스치고 지나가는 것이었다. 그 순간 숨이 멈춰지는 느낌이었습니다. 내 눈을 의심했다. 그렇지만 나는 다음 일정이 있었기 때문에 말 한마디 건네지 못하고 쫓기듯 장봉도로 가는 배를 타기 위해 인천 연안부두로 갔다. 그러나 내 마음과 눈길은 아내가 있는 부천을 향해 있었다.

그런데 운명이었는지 나의 간절한 염원이 이루어진 것인지 안개주의보로 장봉행 배가 출항할 수 없다는 안내 방송이 나왔다. 나는 운명으로 생각하여, 아내를 놓치면 안 된다는 생각에 정신없이 부천으로 가서 그녀를 만났다. 우리는 그 동안 궁금했던 이야기를 시간 가는 줄도 모르고 나누었다. 이야기를 나누는 가운데 서로가 서로에게 호감을 가지고 있음을 확인하게 되었다.

서로 데이트를 하다가 헤어져야할 시간이 되면 너무 아쉬워서 인천 연안부두에서 장봉으로 가는 배가 보이지 않을 때까지 서로가 서로를 애절한 마음으로 바라보았다. 주말 수업을 마치고 장봉에서 육지로 나가는 날은 배에서 내리기도 전에 배 머리 갑판에 나와서, 저 멀리 연안부두 여객 터미널 선

창가에서 아내가 손을 흔들며 나를 기다리고 모습을 발견하고 나 또한 애절한 마음으로 두 손을 높이 들고 흔들었다. 육지와 섬을 연결해 주는 통로 역할을 한 것은 연정을 담아서 밤을 새워 쓴 편지였다. 매일 기다려지는 것이 편지이기 때문에 편지를 배달해주는 집배원만 보아도 반갑고, 어디쯤 오고 있는지 창 문 너머로 수시로 바라보게 되었다.

우리는 주말에 짧은 시간 동안만 데이트를 할 수 있었기 때문에 늘 아쉬움이 많았다. 이처럼 장봉과 서울 육지를 오고가며 어려움이 많은 가운데 아내와 나는 정식으로 교제한 지 5개월만인 1987년 5월 30일 결혼식을 올리게 되었다. 30대에 내가 기독교 방송에서 나의 꿈과 사업에 대해 이야기 한 적이 있는데, 아내도 그 방송을 봤었고 나에 대해 어느 정도 알고서 마음의 준비를 하고 있었던 것이다. 우리들의 만남은 우연 같지만 필연적인 운명이 아닐까 생각한다. 교사라고는 하지만 내 처지와 형편을 볼 때 여러 면에서 나는 부족했고 결혼할 준비가 전혀 되어 있지 않았다. 그런데도 어디서 그렇게 용기가 났는지 아내에게 결혼하자고 프러포즈를 했다는 것이 꿈만 같다.

4장

나를 행복하게 했던 가족 그리고 가정

"나의 일생 중에서 처음 느껴보는 편안하고 안락한 삶"

사랑하는 아내와의 백년가약

1987년 5월 30일 결혼식 날은 6.29 민주화 선언이 나오기 한 달 전이라서 사회적으로도 정치적으로도 혼란한 시기였다. 물론 섬과 육지를 오가며 결혼식 준비를 하는 것 자체도 힘들었지만 도심 곳곳이 민주화를 노래하는 데모로 인해 최루탄 가스 냄새로 눈을 뜰 수가 없었다. 또한 데모하는 민중들과 경찰들의 대치로 자유롭게 길을 오고 갈 수 없었다. 예식장이 종로 5가

1987년 5월30일
기독교100주년기념관
결혼식사(좌)
폐백(우)

기독교 100주년 기념관과 기독교방송국 근처이다 보니 결혼식을 올리는 순간에도 최루탄 가스 냄새를 맡아야 했다.

이렇게 어려움 속에서 결혼식을 마치고 신혼살림이라고는 일주일에 한 번만 육지로 나갈 수 있는 감옥 아닌 감옥 같은 장봉 섬에서 불편함과 어려움을 감수 해 가며 살았다. 비록 어렵게 꾸린 우리 가정이고 여러 가지로 불편하고 부족한 것들이 많았지만 사랑하는 마음으로 꿈을 키워 가며 열심히 살았다. 하지만 너무나 큰 걱정거리가 있었는데 그것은 바로 사랑하는 아내가 유산이 자주 되었는데 병원에 가고 싶어도 갈 수가 없는 마음 조이는 생활이 계속되는 것이었다. 그리하여 결국 불안한 생활로는 장봉에서 학교근무를 더 이상 할 수 없어 특수 학교인 서울의 인강 학교로 직장을 옮기게 되었다.

서울에서의 새로운 삶

나는 인강학교로 옮겨와 서울에서 특수학교 교사생활을 하게 되었다. 아이들을 가르치는 일은 서울이라고 특별히 차이점이 없었다. 돼지 기르고 닭 기르고 꽃모종 길러 화단 심는 일들은 장봉에서와 똑같았다. 다만, 비록 허름한 건물이지만 도심이었고 빈 땅이 없어서인지 건물을 짓기 위해 벽돌 찍는 일은 없었다. 대신에 학생들의 통학 편의를 위한 학교 버스 구입과 학습자료 구입 을 위한 바자회가 수시로 있어 학생들이 하교한 후에는 바자회 준비로 목공, 수직, 구슬공예 등등 다양한 작품 만들기를 하는 분주한 생활이 계속 되었다.

학교에서 장애학생들 교육하는 생활은 아무리 어렵고 고단해도 내 스스

큰아이 주은이와 함께(좌)
장흥유원지 가족 나들이(우)

로 그것이 좋아서 선택한 전공이고, 이미 힘들 것이라는 각오와 준비를 하고 있었기에 버틸만했다. 그러나 가정살림에 있어서는 어려움을 버텨내기가 힘들었다. 장봉 섬에서의 생활과 서울 도시생활은 여러 면에서 크게 차이가 났다. 특히 경제적인 면에서 너무 어려웠다. 경기도에서는 급료일이 매달 17일이었는데, 서울시에서는 급료일은 25일이었다. 급료일이 바뀌다 보니, 겨우 겨우 월급을 쪼개서 생활을 했는데도 25일까지 버틸 수가 없어서, 종로에 나가 30만 원을 카드 할부로 현금을 빌려왔다. 그나마도 그중에서 선이자로 6만 원을 제외한 24만 원만 손에 쥘 수가 있었고 당장 시급한 쌀과 연탄을 구입하여 다시 한 달을 버티었다.

이렇게 근근이 버티는 생활로 인해 아내에게 너무나 미안했고, 가장으로서 체면이 서지 않아 얼굴을 들 수가 없었다. 설상가상으로 임시방편으로 얻은 월세 방이 부엌으로 들어가는 방이라서 연탄가스가 새어 들어왔다. 당시 아내가 큰아이 주은이 임신 중이었기 때문에 혹시라도 아이가 태중에 잘못 될까봐 걱정되었다. 결국 이사를 가고자 도봉동에서 부터 전세방을 구해보았지만, 당시 가지고 있는 돈으로는 전세는 고사하고 월세도 힘들었다. 도봉동에서 집을 구할 수 없어 의정부로 갔지만 의정부도 만만치 않았다. 이곳 저곳 이틀을 헤맨 끝에 의정부 신곡동 주공11평 아파트를 500만 원에 겨우 계약을 했다. 그러나 가진 돈은 월세 보증금 200만 원이기에 부족한

300만 원을 만들어야 했기 때문에 걱정에 밤잠을 설쳤다.

내가 교사라고는 하지만 출발점 자체가 너무 가진 것 없이 시작했기에 초임교사 2년 월급을 거의 쓰지 않고 저축하여 결혼했다. 게다가 월세보증금 200만원도 융자받아 했던 것이기에, 당시 상황에서 300만 원을 만든다는 것이 쉬운 일이 아니었다. 그래서 이곳저곳 일가친척 안면이 있는 분들께 부탁하여 사채를 얻어 겨우 겨우 잔금 일에 맞추어 잔금을 치루고 이사를 할 수 있었다.

어렵고 힘든 살림 속 행복한 가정생활

빚으로 산 11평의 작은 아파트이지만 연탄가스가 새는 것에 대한 걱정 없이, 아내가 큰아이 주은이를 무사히 출산해 양육할 수 있는 것만으로도 감사했다. 크고 작은 어려움으로 인해 조금 불편 한 점은 있었지만, 아내는 주은이를 키우며 불평불만 없이 믿음생활 열심히 하며 감사하는 마음으로 내조를 해주었다. 덕분에 안정된 직장생활을 할 수 있었다. 초임교사로서 아이들을 열정으로 가르치는 기쁨과 가정의 즐거움으로 인해 행복한 신혼생활이었다. 은행 융자와 사채는 우리 부부가 힘을 합쳐 맞벌이로 조금씩 갚고 또 다른 계획을 세우며 살아 갈 수 있음이 고맙고 감사했다.

아내는 소리 소문 없이 둘째 주영이 임신한 가운데 3년간 틈틈이 공무원 시험 준비를 하여 서울시 사회복지 7급 공무원에 합격했다. 1991년 7월 1일 발령을 받고 1주일 만에 둘째 주영이를 건강하게 출산했다. 겹경사로 인해 그 순간만큼은 내 생애 최고의 순간이라 할 수 있었다.

두 아이들을 어린이 집에 맡기고 나올 때마다, 엄마 아빠와 떨어지지 않

둘째 주영이와 함께

채석강 가족 나들이

주영이 생일파티

으려고 발버둥 하는 모습을 보아야 했다. 출근을 해야 되기에 어쩔 수 없이 뿌리치고 나오면 가슴이 찢어지듯 아프고 미안했다. 그러나 퇴근 시간에 두 아이들을 데리고 나와 버스를 타고 가면서 차창 밖 간판들 이름들을 익히면서 아이들이 자연스럽게 한글을 깨우쳤을 때는 무척 기쁘고 보람도 있었다. 두 아이들이 엄마 아빠가 맞벌이를 함에도 불구하고, 어린이 집, 피아노교실, 태권도, 공부방 선생님들의 따뜻한 사랑의 손길로 흠 없이 아름답게 성장해 초, 중, 고등학교를 무사히 졸업할 수 있었음에 참으로 감사한 마음뿐이다.

내 삶속에서 소중한 사람들

나는 지금 아내와 결혼한지 30여년이 지났지만 항상 감사한 마음, 내 인

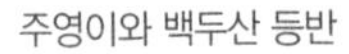
주영이와 백두산 등반

체코여행

생 최고의 동반자임을 느끼며 살고 있다. 가진 것이라고는 오직 건강한 몸과 마음, 그리고 뜨거운 꿈 밖에 없는 빈털터리였고, 신혼방 하나 제대로 구할 돈도 없었다. 그런데도 부족한 남편을 다 이해하고 많은 것을 희생해준 아내였다. 30여년 한결같은 마음으로 아내와 합심하여 살다보니 우리 집의 가장 소중한 보물들인 사랑스런 두 딸을 얻었고 편안한 잠을 잘 수 있는 집과 남들에게 손 내밀지 않을 정도의 경제력을 얻었다. 더욱이 두 딸들은 어려움 속에서 세운 목표였던 대학입학, 특수교육전공, 특수학교 교사의 꿈을 이루었기에 고맙고 대견하다. 또한 나는 내 자신의 꿈도 하나하나씩 현실화 시켜 나갔다. 그리고 어떠한 어려운 순간에도 포기하지 않고 추진해 온 장애인 평생복지 타운 설립을 위한 꿈의 기반이 현실로 하나하나 이루어져 단계별로 추진되고 있음 을 느낄 때 가슴이 벅찼다. 쉽게 이루진 것은 하나 없지만 한결 같은 마음으로 꾸준히 걸어온 결과 18년 전에 설립, 개교한 그루터기 장애인여가생활학교와 8년 전 의정부 복지관 건축 등 목표하던 것들이 현실로 하나하나 구체화 되었다. 이 모든 과정이 힘든 삶인 데도 불구하고 묵묵하게 내조해준 아내가 있었기에 가능한 일이었다.

또한, 묵묵하게 아빠의 말을 잘 따라준 두 딸들. 5살 어린 나이부터 엄마 아빠를 따라다니면서 장애인 봉사활동을 하던 사랑스러운 딸들. 당시에

주은이와 함께

가족과 함께

는 생각하는 것을 물불 안 가리고 그대로 행동하던 아빠였기에 전혀 몰랐지만, 지금 생각해보면 엄격하고 강한 아빠 말을 따르면서 나름대로의 상처를 받았을 것을 생각하면 너무나 마음이 아프다. 아빠에게 불만을 가지고 곁길로 빠질 수도 있었는데, 오히려 착실히 잘 따라와 주니 오히려 그것이 안쓰럽기도 했다. 두 딸이 모두 특수교육학과에 진학했을 때, 대견하기도 하고 얼마나 그 길이 힘든지 아니 안쓰럽기도 하고 복잡한 심경을 이루 말할 수가 없었다. 지금 다시 과거로 돌아가라고 한다면, 그 어린 나이에 맞게 자유롭게 생활할 수 있도록 날개를 달아주는 너그러운 아버지가 되겠다는 생각을 해본다.

정신적 지주인 어머니를 떠나 보내고

17살 어린 나이에 산골 고향을 과감히 탈출하여 아무런 연고 일가친척 하나 없는 서울에서 어렵고 힘든 생활을 했지만, 마음속 깊은 곳에 어머니가 늘 계셨기에 나는 나의 삶을 지탱할 수 있었다. 내가 꿈과 목표를 이루어 나가는 것도 어린 나이에 시집을 오셔서 남편도 없이 시집살이 하며 고

생만 하신 어머니께 자랑스러운 아들로 효도할 수 있는 기회를 만들기 위해서였다.

나의 꿈도 어느 정도 이루고 경제적으로도 형편이 많이 좋아져서 어머니를 편안하게 모시고 여유롭게 여행도 하고 즐겁게 행복한 삶을 살아가고 있었는데, 별안간 내 나이 40대 말 무렵에 어머니가 폐암말기 판정을 받게 되었다. 그 때가 어머니 나이 62세였다. 이제야 겨우 잘해드릴 수 있게 되었는데 너무나 야속했다. 판정을 받으시고 7년 뒤 69세에 어머니가 돌아가시게 되었는데, 그 7년 동안 추석 설 연휴 때마다 어머니를 모시고 외국에 나갔다. 그렇지 않으면 어머니와 함께할 시간이 없었기 때문이었다. 일본, 중국, 말레이시아에 갔을 때 어머니가 매우 좋아하셨던 기억이 난다. 그리고 나는 여행 자체가 즐겁다기보다는, 밤새워 어머니와 이야기를 나누고 어머니의 한이 서린 노래를 들으며 함께 보내는 시간이 좋았다. 그 시간들은 10대 시절부터 내가 함께하지 못했던 어머니께 드리는 작은 선물과 같은 것이었다.

그렇게 7년의 시간은 눈 깜짝할 새에 지나갔다. 나의 정신적 지주이셨던 어머니는 그렇게 하늘나라로 떠나가셨다. 평생 향기로운 봄을 느끼지도 보지도 못하시고, 아들만 바라보며 살아가신 나의 어머니. 내 나이 49세에 어머니를 주님 곁으로 떠나보내고, 나는 삶에 대한 허무감을 느끼며 스트레스성 위장병을 얻게 되었다. 그토록 의지하고 믿었던 어머니의 죽음으로 인생의 덧없음과 인생무상, 허무, 초라함 등의 감정을 느꼈으며 내적인 갈등으로 괴로워하고 또 괴로워했다. 그리고 나의 삶을 다시 돌아보게 되었다. 내가 진정으로 이루어야 할 꿈이 무엇인가, 내가 지금 제대로 가고 있는가, 주어진 행복이나 안락함을 누리지 못하고 엉뚱한 곳에서 해매고 있지는 않는가. 그러한 고민 끝에 나는 다시 일어서서 우리 사회의 약하고 약한 장애인들을 위한 좀 더 원대한 꿈을 꾸게 되었다.

어머니

(어머니를 천국으로 보내 드리고 그리워하며 어머니를 표현한 시, 2005년 4월)

인숙이가 그린 어머니 초상화

긴긴 세월 칙칙한 겨울로만 지내 오신 어머니
봄이 와도 봄을 누리지 못하시고
칙칙한 겨울옷만으로 봄을 보내시는 어머니

나야 이런들 저런들 어떠하겠느냐 자식이
잘 되는 것만 보아도 좋은 디
나야 칙칙한 겨울옷도 감지덕분 하시다고
하신 어머니
술 먹은 아버지 밤새도록 하는 잔소리에 애간장 녹이 시면서도
언제 그랬냐는 듯이 자식들 아침밥 해서 먹여 학교 보내셨던 어머니

자신보다는 자식들이 잘못 될까봐 노심초사 하시는 어머니

나는 너희들만 보면 밥 안 먹어도 배부르다고 하시며
꼬깃꼬깃 접고 접은 종이 돈 지폐를 꺼내어 주시며 끼니 굶지 말고
밥 사먹으라고 주시는 어머니

자식에게 물질적인 유산을 주지 못해도 슬픈 유산을 주지 않아야 한다며
항상 환한 얼굴 미소를 지어 보이시었던 어머니

끊임없는 자식 사랑 모진고난 가운데도 생에 대한 애착으로
살아오신 어머니
그 것마저 과감히 놓으시고 편안한 마음으로 조용히 눈을 감으신 어머니

한 평생 고난을 고난으로 생각하지 않으시고 마지막 죽음은
화사한 봄날 꽃으로 피어나시어 영원한 안식처 천국으로 가신 어머니

87년 5월30일 결혼식 때 어머니 모습

어머니 묘석 비문

5장

내 삶의 혁신 마흔의 도전

"진정한 삶 그리고 가치 있는 삶을 향해서 결단"

중견교사로서의 학교생활

사람의 20대를 열정의 시대라고 한다면 30대는 꿈을 향해 나아가는 시대라고 할 수 있을 것이다. 그만큼 30대에는 꿈을 구체화하고 도전하게 된다는 점에서 아름다운 서른이라고도 하는 것 같다. 내 인생의 십대 시절은 생존을 위해 분투하는 시기였고 이십대는 도전과 모험의 시기였으며 서른이 되어서는 꿈꾸던 현장에서 나의 꿈을 이루기 위해 몸과 마음을 다 바쳐 교육현장에 헌신하던 시기였던 것 같다.

내가 처음으로 사회에 첫 발을 내디딘 곳은 장봉혜림학교였고 이곳 이사장님의 아드님은 내 꿈을 설계하는 데 큰 디딤돌이 되어 주셨다. 그 분은 헐벗고 굶주린 우리나라 장애인들을 행복하게 만들 수 있는 시설을 만들겠다는 마스터플랜을 가지고 계셨는데 그러한 모습이 내게 큰 감동이 되었다. 그래서 나도 앞으로 이 특수교육 분야에서 헌신하면서 그러한 꿈을 꾸게 되

인강학교 중학부 졸업사진

었다. 나도 전국의 모든 장애인들과 행복을 찾는 사람들에게 꿈 희망을 심어줄 수 있는 평생복지타운을 건설해야겠다는 꿈이었다. 비록 지금 내가 평교사로 시작하지만 일정 기간 경험을 쌓고 경제적 기반이 마련이 된 후에는 평생 복지타운을 건설하여 우리나라 장애인, 나아가 우리나라 평생교육의 롤모델이 되고 싶다는 원대한 꿈이었다.

서른이 넘어서도 나는 이십대 못지않은 열정을 그대로 간직하고 있었다. 나는 내 안의 꿈 열정을 누군가와 소통해야만 했고 나 혼자만 가지고 있을 수 없다는 생각이 들었다. 그래서 30대 때는 용기를 내어 기독교 방송에 나의 꿈과 비전에 대한 편지를 보냈고 방송에 채택되어 전국 라디오로 전파되었다.

그 방송이 나가자 내 예상을 넘어 반응이 뜨거웠다. 수백 통의 편지가 이름도 잘 알려지지 않은 섬으로, 장봉혜림학교로 날아들었다. 처음에는 이 같은 현상에 놀랍기도 하고 설레기도 하였으나 편지를 하나씩 읽어나갈수록 사람들의 반응에 조금씩 실망을 금치 못했다.

사람들의 응답은 고마웠으나, 내가 전 생애를 걸고 던지는 메시지에는 별 관심이 없고 호기심으로 보내는 편지가 많았다. 그중에는 '그렇게 해서 밥 먹고 살 수 있겠느냐'는 요지의 편지도 있어서 상처를 받기도 했다.

어쩌면 시대가 그럴 수도 있는 것이 당시만 해도 복지나 교육에 대한 생각이 철저히 비장애인을 중심으로 이해되던 때였고, 특수교육은 인식의 변두리에 머물러 있었기 때문에 사람들에게 나의 진지한 메시지가 생소하게 느껴질 수도 있는 것이었다. 그렇게 라디오 방송의 여파는 지나갔지만 나중에 아내도 내 방송을 들었다는 사실을 나중에야 알게 되었다.

아내와 결혼을 하게 되고 아이를 낳게 되면서 나는 내 청년 시절을 보냈던 장봉분교를 퇴직하고 서울시 도봉구에 위치한 장애인학교로 이직하게 되었다. 이름은 서울인강학교였다. 인강학교는 장애인들의 교육을 위해 설립된 특수학교였는데 1967년 초대 이사장 구임회 박사에 의해 사회복지법인 인강원으로 설립되고 1968년 개원하였다. 1971년에는 인강학교가 개교되었고 1987년에는 중학부가, 1997년에는 고등부가, 2007년에는 전공과정이 인가됨으로 명실공히 특수교육에 있어서 큰 족적을 남겨왔다.

나는 인강학교로 옮겨와 서울에서 특수학교 교사생활을 시작하게 되었다. 설렘을 안고 시작한 일은 장봉혜림학교와 크게 다르지 않았다. 학생들을 성심성의껏 가르치는데 힘썼으며 학생들의 학습자료 구입을 위한 바자회를 준비하고, 꽃모종을 길러 화단을 가꾸는 일도 하였으며 돼지와 닭을 기르기도 했다.

인강학교의 교육목표는 생활자립 능력과 사회 적응력을 갖춘 자활인 양성이었다. 이를 달성하기 위해서 초등학교 교육과정은 학생들의 자율성, 창의성을 중시하였다. 그래서 교사가 학생들에게 일방적으로 지식을 주입하려고 하기 보다는 한 가지의 지식이라도 실천적으로 직접 해보면서 깨달아 알 수 있도록 다각도로 노력을 기울였다.

우리 아이들에게는 사회 적응력 신장도 빼놓을 수 없는 중요한 과제였다. 아이들은 발달적 측면에서 뿐만 아니라 대인 관계에서도 사회적으로 원만하게 생활해 나가기 위해서 배워야 할 것들이 많았다. 교사 한 명으로서는 일일이 지도해주기가 어려울 정도였지만 나는 아이들이 사회성을 기를 수 있도록 말하는 법, 물건을 건네고 요청하는 법 등 하나하나 세심하게 아이들이 느끼고 성장 할 수 있도록 배려하고자 했다.

일반 교과교육 외에는 체육활동과 특별활동, 재량활동 등이 있어 수업시간에 미처 하지 못한 다양한 활동을 통해 아이들에게 폭 넓은 배움의 기회를 줄 수 있었다.

중학교 교육과정에서부터 달라지는 점은 바로 진로와 직업에 대한 배움의 비중이 커져가는 것이었다. 아직 이 시기가 되어도 아이들이 부모의 도움으로부터도 완전히 독립하지 못한 경우도 있었기 때문에 그러한 가정으로부터의 자립을 달성해야 했고, 앞으로 사회에 나갔을 때 어엿한 구성원의 한 명으로 생활할 수 있도록 최선을 다해 자립을 준비해야만 했다. 그러한 자립을 달성하기 위해 필요한 중요한 통로가 직업이었다. 그리하여 중학교 교육과정에서 아이들은 동아리활동, 봉사활동, 기타 자율활동 등을 통해 자립을 위한 준비를 서서히 해나갔다. 나는 아이들이 조금이라도 무언가 잘하는 것이 있는지 관찰하고 그 재능을 발전시켜갈 수 있도록 용기를 북돋워주고자 했다.

고등학교 교육과정은 중학교에서부터의 교육과정을 보다 심화 발전시켜 직업교육이 보다 다양해졌다. 그래서 아이들은 자기의 관심과 적성에 따라 다양한 분야를 선택하여 교과활동과 병행해 나갔다.

인강학교의 아이들을 가르치면서 사랑하는 두 딸들도 하루가 다르게 성장해 갔다. 하지만 내가 학교에 쏟는 시간만큼 가족들에게는 많은 관심과 시간을 주기가 어려웠다. 오전에 출근하면서 나이가 어린 두 딸들을 유치원

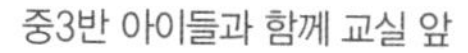

중3반 아이들과 함께 교실 앞

2010년도 중학부 졸업식 후 교실

에 맡기고 오는데 차마 떨어지지 않는 발걸음을 돌린 적이 한 두 번이 아니었다. 두 딸들은 아빠 품에서 떨어지지 않으려고 해서 속으로 눈물을 적셨던 적이 한 두 번이 아니었던 것 같다.

평교사로서 나는 인강학교의 아이들을 내 자식처럼 생각하고 보살피며 가르쳤다. 비가 오는 날이나 눈이 오는 날에도 매일 한결같이 아이들을 만났으며 가르치고 배워나갔다. 아이들은 만나고 만나도 늘 새로웠다. 인강학교에서 아이들을 가르치고 학교 일에 매진하다보니 시간이 어떻게 가는 줄도 모르게 흘러갔다. 그 사이 세월은 흐르고 흘러 언제나 청년 교사일 줄만 알았던 나도 어느덧 중년의 나이에 접어들었고 교직 경험이 제법 쌓인 중견교사가 되어 있었다.

학교에서는 나의 열정을 다한 학교 활동과 창의적인 업무추진 능력을 높게 보았던 것 같다. 나는 중견교사로서 생활부장이라는 역할을 맡게 되었다.

담임으로서의 생활지도는 체득되어 있었지만 전교를 통괄하는 생활지도 업무를 맡게 되자 처음에는 어떻게 해야 할지 방향을 잡는 것이 고민이 되었다.

가장 큰 장애물은 사람들의 인식이었다. 대부분의 학교가 그러 하겠지만 많은 선생님들에게는 일반적인 통념이 있었는데 학생들의 생활지도는 생활부 소속의 교사가 중점적으로 지도할 것이라는 생각이었다. 이러한 편견은 오래 전부터 강한 카리스마로 학생들을 휘어잡던 학생부장 교사나 생활부장 교사에 대한 이미지가 강하게 인식되어 있었던 이유가 가장 크지 않았나 싶다. 하지만 내가 정작 이러한 현실을 맞닥뜨렸을 때에는 평교사들의 이러한 편견이 전교를 아우르는 생활지도에 큰 장애로 작용하고 있음을 깨달았다. 학생 지도는 생활부 교사만 맡는 것이 아니라, 교사가 있는 곳이면 언제 어디서나 이루어지는 것이 자연스러운 일이며 또 그것이야말로 전체적이고 통합적인 생활지도의 출발점이라는 결론을 얻게 되었다. 그리하여 나는 인강학교의 생활부장이 되어서 전 교사의 생활지도교사화를 추진하였다.

처음에 이 말을 듣고 어리둥절해 하는 교사들도 있었고 공감하시는 분들도 있었다. 내가 기회가 될 때마다 왜 모든 교사가 생활지도교사인지 설명하면 이해를 하셨고 내 취지에 공감해 주셨다.

나아가 나는 이러한 인식의 저변 확대를 발판으로 사고 발생 시 학생에게 도움을 주고 학교의 문제를 해결할 수 있도록 교사가 각자 맡은 역할을 즉시 실행할 수 있도록 비상조직 매뉴얼을 구축하는데 심혈을 기울였다. 이

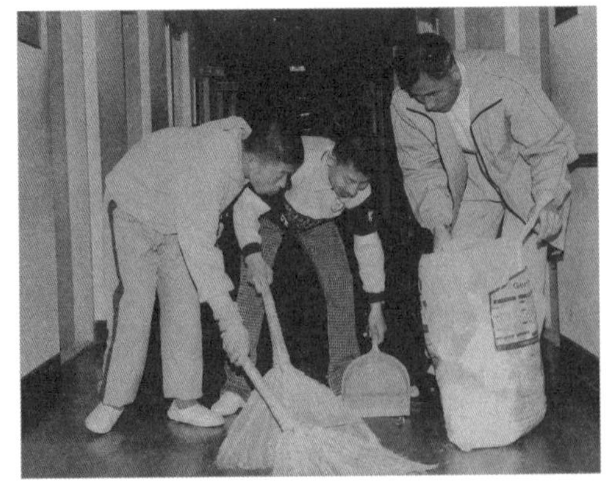

인강학교 고등부 용역반 직업지도

러한 차원에서 전교생 중에서 안전 문제라든지 건강상 특별히 더 조심해야 한다고 생각되는 학생들의 특성을 자료화하여 전 교사가 공유할 수 있도록 했다. 그전까지는 담당 교사만 건강상 특별히 관심을 기울여야 하는 학생 정보를 알고 있는 경우가 있었고 그럴 경우 사건에 대한 대처 능력이 현저히 떨어지거나 늦어지는 사태가 벌어지기도 했기 때문이다. 이러한 체계를 구축함으로써 부수적으로 전 교사들이 장애아동에 대한 이해가 더 높아질 수 있었으며 실제로 많은 사건 사고들이 예방되어 학생들이 안심하고 다닐 수 있는 학교, 언제나 쉽게 가까운 곳에서 도움을 받을 수 있는 학교로 한 걸음 더 나아갈 수 있었다.

생활부장의 임기를 서서히 마쳐갈 즈음, 학교에서 이번에는 나에게 예체능부장의 역할을 맡겨주셨다. 예체능부장이 되어서 나는 무엇이 학생들에게 행복감과 자존감을 높여주는 일일까를 고민하기 시작했다. 그리하여 아무도 생각하지 못하고 있었던 서울 시내 특수학교들의 연합학예발표회를 제안하여 추진하기 시작했다.

이러한 활동을 구상하였을 때 주변의 선생님들은 공연한 일만 많아질 지도 모른다며 걱정하는 시선이 있기도 했다. 하지만 나는 함께 하면 즐거움도 배가 된다는 단순한 진실을 믿었고 또 우리 학생들이 그럴 수 있는 역량이 충분히 될 것이라고 믿었기에 사업을 추진했다. 그리하여 이 사업을 통해 학교 간 정보교류가 활성화되어 교사들이 궁금한 점을 서로 교류하면서 자기 발전의 자양분을 삼을 수 있었고, 궁극적으로는 수준 높은 학예발표회를 개최함으로써 대내외적으로 장애 학생도 할 수 있다는 자신감과 함께 비장애인과 다르지 않다는 인식도 넓혀갈 수 있었다.

또한 이에 그치지 않고 나는 예체능부장으로서 매월 1회 교직원 건강 연수를 추진하여 직원 복지에 힘쓰며 좋은 반응을 이끌어 내었다. 그리고 기존의 틀을 깼던 또 하나의 일은 방과 후 활동을 외부단체에 개방한 일이었다. 방과 후 활동은 학생적성과 흥미를 존중하는 교과 과정 외 활동 중 하나로 특수학교 아이들이 받을 수 있는 수많은 혜택 중 하나였다. 하지만 한편으론 가정에서 보육하는 장애인들은 다양한 교육 기회를 접하기가 어려웠는데 이런 이들의 사정을 고려하여 나는 방과 후 학교를 개방한다면 더 많은 잠재적 장애 아이들에게 배움의 기회를 줄 수 있을 것이라 판단하여 밀어붙였다. 그리고 반응은 매우 좋았다.

학년부장이 되어서는 학년별 교육과정 운영이라는 새로운 체제로 개편하였고 책임업무 팀제를 실시하여 공동운명체로서의 협력과 상생의 프로세스를 확립시킬 수 있었다. 그리고 1인 1교사가 각자 자기의 전문 과목을 개발하도록 하여 가르침에 있어서 더욱 전문성을 강화하고자 하였으며 교사와 교사 간의 협력 수업을 강화하여 내실있고 주제 통합적이며 미래 지향적인 수업을 함께 고민하고자 하였다. 이 와중에 학년부장으로서 현장학습과 교사관리가 기본 중의 기본이었음은 두 말할 필요가 없었는데 한 사람 한 사람의 필요와 욕구를 관찰하고 그들을 심리적 물리적으로 지원해 주는 것이 학년부장 교사가 해야 할 가장 중요한 일 중 하나였다.

평교사와 다양한 부장교사 경력을 거치고 고등부 3학년 담임이 되었을 때에는 무엇보다 아이들 한 명이라도 더 취업을 시켜 자립의 길로 인도하는 것이 지상사명과 같았다. 하지만 크건 작건 장애를 가진 학생들을 취업시키는 것은 무척이나 어려운 현실이었다. 나는 이러한 현실의 높은 벽을 뚫기 위해서 지역사회 기업체를 돌아다니며 취업 정보를 수집하였고 사회에 대한 장애인식 개선, 우리 학교 아이들에 대한 홍보활동에 온 힘을 기울였다.

40대에 들어서며 내 인생의 참된 의미를 찾아서

아이들을 가르치다보니 시간이 가는 줄도, 계절이 바뀌는 것도 마음으로 느낄 새 없이 세월이 흐르고 나 역시 나이를 먹어 가고 있었다. 지난 세월을 회고해 볼 때 나는 나이 스물을 갓 넘겨서야 비로소 세상에서 살아가야할 나의 꿈과 그 어렴풋한 방향에 대해서 느끼기 시작했던 것 같다. 하지만 그 당시는 살기 위해서 사는 것만으로도 버겁고 힘겨운 시기였기에 지금도 그 때를 떠올리면 가슴 아련함은 어쩔 수 없다. 하루하루 내게는 고된 노동 없이 밥 한 술 뜨는 것은 상상하지 못했으며 그나마도 굶는 것이 일상이었다. 하지만 비록 나는 하루살이처럼 살았지만 가슴 속은 뜨거웠고 특히 20대 나의 인생의 시작부터 길을 열어주신 평생의 은사이신 권영석 선생님을 40대에 다시 만나며 내 인생은 큰 전환점을 맞아 희망의 시기로 들어서게 되었다. 20대 초반 시절에 은사님이 나를 인도해준 희망에 들어서자 나는 비록 행색은 남루하였을지 모르나 보이지 않는 날개를 단 듯 학구열을 불태웠고 그 열정으로 말미암아 초, 중, 고등학교를 검정고시로 졸업하는 성취를 일구어 낼 수 있었다. 그러한 과정 속에서 내 꿈은 점점 명확해지고 구체적으로 되어 나는 앉으나 서나 꿈을 그리는 사람, 희망과 도전의 이야기를 품고 살아가는 교사가 되었다. 그렇게 열정을 안고 살아온 교직생활 10년과 내 나이 마흔은 커다란 의미로 다가왔다.

내 삶은 평범한 가정에서 일반적인 초, 중, 고등 교육과정을 모두 마치고 살아온 사람들과는 다른 궤적을 그려왔다. 대부분의 사람들에게 이십대라는 시간은 12년간의 고등 교육과정을 모두 마치고 어느 정도 세상을 스스로 살아갈 준비가 된 나이, 그리고 자신이 계획했던 꿈을 이루어가는 나이일 것이다. 하지만 나는 본격적인 배움을 늦게 시작했고 내 삶에 정체성을 가져다 준 교사라는 직업도 10년 가까이 늦게 시작할 수 있었기에 출발점이 달랐다. 게다가 결혼을 하고 자녀를 양육하는 일도 내 삶의 커다란 부분이었으며 가장으로서 가정을 꾸리고 유지하며 학교의 제자들뿐만 아니라 한 여자의 남편으로 두 아이들의 아빠로 살아가는 일에도 마음을 쓰면서 나는 어느덧 마흔에 이르게 되었다.

교직생활 10년을 천천히 돌아보면서 나는 내 인생에 짙푸른 녹음이 드리운 시간뿐만 아니라 단풍처럼 가을로 물들어 가는 후반의 인생도 계획해야함을 절실히 느끼게 되었다. 내가 나의 안위만을 위해 지속적으로 살기에는, 건강하고 활기차게 꿈을 이루어가기 위한 시간들이 넉넉하지만은 않음을 깨닫게 되었다.

한 번도 여유를 부리며 살아온 적은 없었지만 내 나이 마흔을 넘어서면서 더더욱 내 삶에 여유를 부릴 만큼 많은 시간들이 남아 있지 않음을 절감하기 시작하면서 나는 이쯤이면 결단을 내리고 내 자신만을 위한 삶 보다는 더불어 함께 살아가는 삶을 찾아서 실천에 옮겨야겠다는 생각을 하게 되었다. 과거 이십대 청년 시절부터 어렴풋하게 꿈꾸고 간직했던 삶을 최소한 지금 살고 있는 현실에서 아주 작은 씨앗을 뿌려 작은 열매를 거두어 나간다면 큰 의미가 있을 것이라고 생각했다.

그렇다면 우리 사회의 현실에서 장애를 가진 아이들과 학부모들이 절실히 필요로 하는 것, 도움을 원하는 것이 과연 무엇일까를 곰곰이 생각해 보았다.

생각해보니 내 곁에는 다양한 도움의 손길을 필요로 하는 곳이 많았다. 서울 시내에 진학할 수 있는 특수학교가 한정되어 있어 장애인과 학부모들의 선택권이 넓지 않은 것도 문제라면 문제였지만 그것과 더불어 장애인들이 특수학교를 졸업한 이후에 취업이라든가 진로를 선택하는 경우에 있어서는 많은 어려움들이 있었다.

그루터기 장애인여가생활학교 설립

장애인들이 학교를 다니는 와중에도 말 못 한 고충과 어려움이 있었다. 재학생들이 휴일이 되면 여가 시간을 활용할 수 있어야 하는데 이들이 마음껏 여가를 활용할 만한 프로그램과 장소들이 마땅치 않았다. 장애인들이 용기를 내어 비장애인들 또는 사회의 다양한 프로그램에 참여해 보려고 할 때마다 따가운 차별의 시선을 받거나 불편함을 감수해야했기에 재학생들의 휴일 여가시간 활용은 사실상 제대로 이루어지지 못하고 있음을 마주해야만 했다.

또한 장애인 부모님들이 장애아동을 양육하면서 겪는 스트레스와 경제적 부담이라는 이중 삼중의 어려움은 우리나라 장애인 교육에 있어서 근본적이고도 궁극적인 문제였다. 이는 학부모 혼자서 감당하고 해결해야 할 것이 아니라 우리 사회가 함께 인식하고 문제를 해결해 나가기 위해서 머리를 맞대고 고민해 나가야할 부분이기도 했다. 특히 내가 생활과 교육의 근거지로 하고 있는 서울시 도봉구와 노원구, 의정부시를 포함한 한수 이북 지역에는 지역적 특성상 장애 자녀를 가진 부모님들이 양육의 부담과 경제적 빈곤이라는 이중의 부담을 지고 있는 경우가 많았다.

이러한 현실 속에서 나는 내가 지금 여기에서, 나의 역량으로 힘을 보탤 수 있는 것들은 무엇이 있을까 나는 끊임없이 고민하기 시작했다. 당장 큰 기금을 모아 경제적인 지원에 나설 수는 없는 일이었고, 물리적인 교육기관을 설립하여 장애인들을 위한 새로운 패러다임의 교육을 실시할 수는 없는 노릇이었다.

그리하여 고민 끝에 나는 주말과 휴일, 그리고 방학 동안만이라도 예산이 많이 소요되지 않는 범위 내에서 지역 사회에 기여할 수 있는 방법을 찾

그루터기
12년 활동
설립준비기의 활동
1999
1999. 4. 한라산 등정
1999. 4. 한라산 등정
1999. 12. KBS 견학
1999년 4월 13일 한국경마기수협회 후원 정신지체장애인(교사1명, 인강원생3명, 기수3명)
한라산등정 성공으로 매월 2, 4주 토요일 그루터기활동시작
| 개교 이후의 전기 활동 |
서울시내 특수학교 교사, 도봉구 자원봉사센터 공무원, 직장인들이 뜻을 합하여 매월 2, 4주 토요일 정신지체인 체력단련 및 여가활동을 돕기로 결의하고
2000년 4월 8일 정신지체인을 위한 그루터기장애인여가생활학교 개교
2000 ~2005
2000년
2001년
2002년
2003년
2004년
2005년
| 개교 이후의 중기 활동 |
2006 ~2008
2006년
2007년
2008년
▶ 특수학교 졸업 성인장애인을 위한 그루터기장애인여가생활학교 부설
▶ 2007년 3월 17일 그루터기 주간보호소 개설 (방학동 –고산동 –용현동)
▶ 2008년 8월 13일 장애인 평생복지를 위한 그루터기평생복지회 구성 및 평생복지타운 설립 준비 결의 총회(영훈고 강당) (회장: 김창근 이사: 최영식, 권영석, 오성균, 오재성, 김명순, 김형기, 임진숙 감사: 김대식)
▶ 2008년 12월 26일 그루터기 장애인여가생활학교 (경기도 비영리 민간단체 등록 허가)
| 개교 이후의 후기 활동 |
2009 ~2011
2009년
2010년
2011년
▶ 2010년 6월 19일 그루터기 다목적 복지관 준공식
▶ 2010년 10월 14일 그루터기 주간보호소 (의정부시 장애인주간보호 신고시설 허가)
▶ 2010년 12월 30일 그루터기장애인여가생활학교 기부금 영수증발행단체 (행정안전부 및 기획재정부 허가등록)

기 시작했다. 그 결론은 순수하게 민간 차원에서 자원봉사 단체를 만들고 자원봉사자 개개인이 자신이 가진 시간과 관심을 기여함으로써 장애인들에게는 여가를 즐기게 하고, 장애인 부모님들에게는 비록 잠시지만 쉴 수 있는 시간을 주자는 것이었다.

그 중에 십분의 일이 아직 남아 있을지라도 이것도 황폐하게 될 것이나 밤나무와 상수리나무가 베임을 당하여도 그 그루터기는 남아 있는 것 같이 거룩한 씨가 이 땅의 그루터기니라(이사야 6:13)

당장 선한 뜻을 성취하기 위한 비용이 없어도, 사람들이 그곳에 모여 쉴 수 있는 장소가 없더라도 선한 사람들이 자기의 시간과 노력을 들여 자원봉사를 하겠다는 마음만 있으면 충분히 장애인들을 돌볼 수도 있고 다양한 프로그램을 운영할 수 있겠다는 결심이 섰다. 그리하여 나는 이러한 순수 민간 자원봉사 단체를 구상하면서 '그루터기'라는 이름을 생각하게 되었다.

비록 나무의 온전한 모습은 아닐지라도 그 밑둥이를 넉넉하게 내어줌으로써 지나가는 모든 사람들에게 쉴 곳을 제공하는 그루터기야말로 내가 하려는 자원봉사 단체의 성격과 취지를 잘 드러내 준다고 생각하여 고심 끝에 나는 '그루터기 장애인 여가생활학교'를 설립하였다. 이 학교를 설립하던 2000년 당시는 우리나라의 장애인들의 여가 생활 프로그램이 전무했었기에 여기저기서 호응이 뜨거웠다. 많은 학부모님들이 관심을 보여주셨고 자원봉사자들의 신청이 끊이지 않았다. 나는 이때부터 한수 이북 지역에 거주하는 특수학교의 졸업생 및 재학생들 중심으로 원하는 이들이면 누구든지 지원을 받아 매주 둘째, 넷째 주 토요일, 그리고 휴일과 방학을 이용하여 인근의 산에 오르는 활동을 시작하였다. 산에 오르는 아이들 중에는 중증장애인들도 있었는데 기꺼이 이 프로그램에 참여하기를 주저하지 않았으며 다른 아이들과 다름없이 열심히, 그리고 즐겁게 산을 오르고 모든 활동에 참여하는 등 뜨거운 열정을 보여주었다. 도봉산, 수락산, 불암산, 북한산 등 수도권 인근의 대부분의 산을 올랐으며 훗날에는 한라산과 백두산까지 등정하면서 주위 사람들을 놀라게 하기도 했다. 이렇게 활동을 시작한 그루터기 장애인 여가생활학교는 17년간 지속적으로 이어오면서 더욱 다양한 활동과 프로그램을 기획하여 국내 및 해외 테마여행, 체험학습 여가프로그램 등을 진행하면서 대내외적으로도 많은 분들과 관심과 후원을 이끌어 낼 수 있었다.

2003년 제1회 백석 장애인 예술캠프

2001년 그루터기 송년잔치

2000년 수락산 정상 등반

2000년 서울시 사회봉사상 수상

2002년 중국 역사기행

나의 모든 재산 투입한 복지관 건축

우리나라가 경제적으로, 문화적으로도 발전하고 선진국 대열에 접어들면서 과거 열악했던 복지 의식도 조금씩 향상되고 장애인과 사회적 소외 계층을 위한 복지 예산도 늘려가면서 과거에 비해 전반적인 복지 수준이나 혜택이 많이 좋아지게 되었다.

내가 처음으로 특수교육의 현장에 뛰어들었을 때에는 장애인의 인권이라는 것은 사람들의 의식 속에 아예 없는 것이나 마찬가지였고 차별과 비하, 선입견으로 점철되어 있어 기초적인 의식 개선 자체가 매우 어려운 형편이었다. 그러나 내 생각으로는 1988년 서울올림픽을 준비하고 치러내면서 우리나라와 국민이 세계적인 기준이라는 것에 점차 관심을 갖기 시작했고 그 시기를 즈음해서 장애인의 인권과 복지라는 이슈가 중요하게 고민되기 시작했던 것 같다. 하지만 국가적인 수준의 복지 정책이 수립되고 있음에도 불구하고 여전히 국가나 지방자치단체의 관심이 미치지 못하는 복지의 사각지대는 많았다. 현실적으로는 물적, 인적 예산이 충분치 않아서 일 것이지만 근본적으로는 중앙에 집중된 정책만으로는 지역에서 소외되고 쉽게 파악되지 않는 장애인들에게 그 수혜가 돌아가기 어려운 점이 있을 것이다.

그리하여 나는 2000년 4월 8일 그루터기 장애인여가생활학교를 개교하여 국가나 지방자치단체의 손이 미치지 못하는 복지의 사각지대(死角地帶)에 놓인 장애인들을 돌보며, 그들의 여가생활에 도움을 줄 수 있는 틈새활동을 통하여 그들과 함께 행복한 세상을 만들어 갈 초석을 놓았다.

이 학교를 통하여 나는 국가나 지방자치 단체에는 새로운 복지정책을 제시하고 그들의 롤 모델이 되어주며 장애인들에게는 수준 높은 여가생활 프로그램과 복지 혜택을 돌려줄 수 있다고 믿었기에 국가나 지방자치단체의 도움을 받지 않고도 스스로 운영할 수 있는 풀뿌리 조직으로서, 무형의 순수민간 봉사단체로 시작하게 된 것이었다. 이 뜻에 공감한 사회 각지의 공무원, 교사, 자영업자 등 각계각층의 시민들이 자원봉사자로서 10년을 넘게 매월 둘째, 넷째주 토요일과 휴일, 방학에 꾸준히 참여해 주셨다. 아마 이 분들의 따뜻한 도움이 아니었다면 그루터기 장애인여가생활학교는 유지되지 못했을 것이다.

하지만 큰 뜻과 선한 목적에도 불구하고 순수 민간 자원봉사 조직이다 보니 자체 건물 신축은커녕 공간 임대도 어려운 재정 형편이었다. 그리하여 장애인의 발걸음이 닿을 수 있는 곳, 지금 여기에서 우리가 편안하게 모일 수 있는 곳이면 어디든지 그루터기 학교가 되었다. 다만 가끔 어려웠던 점은, 날씨가 좋을 때는 아무런 문제가 없었지만 비가 오거나, 뙤약볕이 쬐는 한여름, 한파가 몰아쳐 오는 한겨울에는 학생과 자원봉사자, 교사가 편안하게 모일 수 있는 실내 공간이 절실히 필요했다. 편안하고 아늑한 우리 학교 건물이 있으면 참으로 좋겠다는 생각은 내 머릿속을 떠나지 않았고 다양한 방법을 모색하면서 다방면으로 노력해 보았으나 워낙 재정적으로 큰 비용이 들어가는 문제인지라 시간은 속절없이 흘러갔다. 그러는 와중에 개교 10주년을 맞이하면서 나는 마음이 한층 무거워지고 책임감이 강하게 느껴져 도저히 견딜 수 없는 순간이 왔다.

'언제까지 자원봉사자들을 그때그때 장소를 옮기며 모이라고 할 것인가'
'비가 오는 날 일찍 온 장애인들을 언제까지 야외에 떨며 기다리게 할 것인가'
'변변한 사무공간도 없이 어떻게 학교를 한 단계 더 도약시킬 수 있을 것인가'

이런 생각들을 거듭할수록 안정적인 학교 건물에 대한 필요는 간절해졌고 결국, 여태까지 내 삶의 중요한 순간마다 내가 스스로 그 길을 개척해왔던 것처럼 이번에도 내가 결단을 내리지 않으면 안 되겠다는 결론에 도달하게 되었다.

그래서 내가 교사생활 20년을 하면서 열심히 절약하고 저축하며 마련한, 유일한 재산인 내가 거주하고 있는 아파트를 처분하여 자금을 융통하고 다목적의 그루터기 공간을 건축해야겠다는 결심을 하게 되었다. 그러한 결심

1.그루터기 복지관 건축 부지사진

2.복지관 기초 공사사진

3.복지관 건축 골조공사 사진

4.나의 사재(私財)를 몽땅 털어 건축한 복지관 완공 전경사진

은 결코 쉬운 곳이 아니었다. 내가 살고 있는 집은 온전히 나만 사는 곳이 아니었으며 지난 수십 년간 나를 믿고 따라와준 아내와 사랑하는 두 딸의 집이기도 했다. 하지만 내 스스로에게 부여된 사명과 가끔은 내 눈이 흐릿해져 깜빡거리기도 했지만 결국은 내 앞에서 북극성과 같이 찬란하게 빛나던 내 꿈을 위해서는 어쩔 수 없는 일이기도 했다. 큰 결심을 한 이상, 지체하면 안되겠다는 생각에 나는 그 길로 부지를 알아보고 건축을 위한 실무에 착수했다.

그동안 나는 우직하게 앞만 보면서 그 누구를 원망하거나 부족한 현실에 푸념할 시간적 여유도 없이 꿈과 희망을 품은 채로 오늘보다 나은 내일을 만들기 위해, 그리고 이 땅에 나의 작은 손길이 필요한 이들을 위해 뜨거운 소명을 안고 평생을 달려왔었다. 나는 내 몸 하나로 할 수 일은 겁 없이 돌진하여 과감히 추진했고 작은 성과라면 성과도 있었으나 물질이 동반 되는 일들은 재원이 부족하여 꼭 해야 된다고 생각되는 것들이 현실적인 제약 때문에 지연되고 마음속에서만 머물러 진척이 되지 않아 마음 속 갈등으로 잠 못 이루던 날들도 많았다.

10년 전 어렵게 뜻이 있는 사람들이 모여 설립한 그루터기 장애인여가생활학교가 여기까지 성장해 왔는데 여기서 힘을 내어 한 단계 더 도약하고 발전하지 않으면 않는다면 절박감이 나를 짓눌렀고 결국은 내가 앞장서서 강하고 적극적인 행동으로 이끌어야겠다는 생각에 이르게 된 것이었다.

인간이라면 이 세상 태어나 단 한 번뿐인 생을 살아가는 것인데 나이를 먹어가면서 사람답게 산다는 것, 가치 있게 산다는 것은 무엇일까. 내가 가진 것이라고는 25년 교사 박봉으로 먹을 것, 입을 것 아껴가며 마련한 집 한 채 뿐. 죽을 때 가지고 갈 수 없기에, 죽음 앞에서 초라하게 생을 내어놓을 수 없기에 조금이라도 젊을 때 용기를 내자는 생각이 어려운 결단으로 나를 이끌었다.

부지는 한수 이북 서울 지역이었으면 더할 나위 없이 좋았겠으나 서울의 지가(地價)는 구입할 엄두를 낼 수 없을 정도로 만만치 않은 상황이었기에 나는 의정부 용현동으로 터를 잡았다. 땅을 구입하고, 건축설계를 하고 시공자에게 좋은 집, 장애인들이 이용하기 편한 집을 지어달라고 신신당부를 하고… 목표가 정해졌기에 그 이후부터는 거칠 것이 없었다. 하루하루 내 꿈을 실현시켜가기 위한 행동과 결연한 실천이 나를 이끌었다.

그리하여 2010년 4월 8일 개교 10주년 기념 그루터기 장애인여가생활학교 부설 주간 보호소, 그룹 홈, 자원봉사자 쉼터 등 다목적 공간을 착공하였고, 같은 해 6월 19일에는 많은 이들의 축복 속에서 준공감사예배를 드리게 되었다. 마지막까지도 자원봉사자들이 준공식을 앞두고 자원하여 청소를 해 주셔서 건물의 내 외관 은 더더욱 빛났다.

내가 이토록 큰 결단을 내릴 수 있었던 배경에는, 이름도 빛도 없이 자신의 위치에서 묵묵히 주님의 사랑을 실천하시고 한국의 슈바이처와 같으신 이주필 선생님과 권영석 선생님이 계셨기 때문이다. 두 분 선생님은 인생의 항로를 잡지 못하고 정처 없이 방황하던 산골소년을 주님의 품으로 인도하여, 주님의 귀하고 아름다운 사랑을 체험하게 해 주셨고, 소외받는 어려운 이웃을 사랑 하는 법을 가르쳐 주셨다. 주님의 따뜻한 사랑과 어려운 이웃을 사랑하는 법을 배운 산골소년 고학생은, 두 분의 숭고한 뜻을 기리기 위해서 한 알의 밀알이 되고자, 현실의 안정된 직장과 가정의 안락함에 안주하지 않고 이 땅의 소외받는 이웃 장애인들을 자신이 보살펴야할 사명으로 생각하고 장애인들의 질 높은 삶, 새로운 복지 장애인여가생활을 개척하기 위해 불철주야 긴 시간동안 몸과 마음, 인생을 쏟아 부을 수 있었다. 그리고 그 꿈의 작은 일부가 그루터기 장애인여가생활학교라는 모습으로 여러 사람들의 축복과 관심 속에서 우뚝 서게 되었다.

나는 한평생 살아오면서 흉하지 않을 정도의 입을 것과, 배고프지 않을 정도의 먹을 것과, 굴러가면 되는 정도의 승용차만 있으면 되었기에 내 생활에 불편함은 없었고 근심 걱정이 없을 정도로 자유로운 삶을 살아왔다.

물론 그런 나의 생활 방식으로 인해 가족들은 조금 불편함을 겪었겠지만 두 딸을 가르치고 입히는데 큰 어려움이 없었고 딸들도 역시 자유롭게 자기 진로를 선택하고 스스로 개척해 나갈 정도로 잘 성장해 주었다. 나는 비록 최대한 아끼고 절약하였지만 장애인 친구들을 위한 일이라면 몸과 마음, 내가 가진 물질이 적을지라도 과감히 아낌없이 드렸고, 장애인들을 위한 복지, 장애인의 삶을 윤택하게 하는 일이라면 밤낮을 가리지 않고 눈만 뜨면 그것만 생각해 왔음을 누구에게도 떳떳하게 고백할 수 있을 것 같다. 그리하여 나의 못다 이룬 꿈은 장애인 친구들과 그 장애인의 부모님들이 행복하고 편안한 삶을 사실 수 있도록 끝까지 도움을 드리는 것이며 그 꿈은 오직 나만의 것이 아니라 하나님께서 나에게 주신 소명이라는 사실을 알기에 나는 앞으로 어떠한 고난이 있더라도 감수하며 이 길을 걷고 싶다.

6장

열정적인 삶 생각이 행동이다

"그루터기 장애인여가생활학교 프로그램"

장애인 최초 백두산 등정 성공

짧은 인생사 속에서 나에게는 수없이 많은 도전과 응전이 있었고 그때마다 쉽게 이루어지는 일은 하나도 없었지만 나는 나의 힘으로 감당할 수 없는 고난, 좌절, 슬픔, 절망이 엄습해 올 때마다 피하기보다는 당당히 맞서 응전하여 작은 성취감을 맛볼 수 있었다.

그루터기 장애인여가생활학교를 개교하고 운영하면서 나에게는 작지만 큰 목표가 생겼다. 우리 장애 아이들과 함께 백두산에 등정하겠다는 계획이었다. 당시 한국마사회는 투기사업으로 수익을 내고 있다는, 사회적으로 안 좋은 시선을 받고 있었는데 기업의 이미지 쇄신을 위해서 새로운 사회적 공헌 프로그램을 구상하고 있던 중이었다. 그 틈새를 내가 찾아내어 그들에게 먼저 백두산 등정 프로그램에 대한 기획을 보내어 설득을 했다. 내가 장애 아이들을 데리고 모든 것을 준비하여 백두산을 등정하겠다 그러면 마사회

이미지 쇄신에도 기여하고 뜻있는 기수들도 자원봉사를 할 수 있지 않겠는가라는 요지였는데 감사하게도 그 쪽에서 내 제안을 진지하게 검토하고 받아들여주어 사업을 시작할 수 있게 되었다. 그리하여 경마장의 작은 거인들인 기수들과 우리 장애아이들이 힘을 합쳐 백두산 등반 감행을 꿈꿀 수 있게 되었고 언론에서도 큰 관심을 보여 백두산 등정 프로그램에 박차를 가하게 되었다.

내가 40대에 했던 일중에 가장 기억에 남고 내게 기념비적인 일을 꼽으라면 첫째는 그루터기 장애인여가생활학교를 설립한 것이고 둘째는 2000년 7월 23일부터 28일에 걸쳐 우리나라에서 최초로 장애인들을 인솔하여 백두산 등정에 성공한 것이다. 한국기수협회의 후원을 받아 한국기수협회 기수(騎手) 5명, 정신지체 장애인들 5명, 교사 2명과 함께 백두산 등정을 감행하는 꿈을 꿀 수 있었다.

서울경마장 기수협회의 홍대유 회장을 비롯하여 한유영, 안병기, 김재섭, 양희진 다섯 명의 기수 분들과 우리의 장애아이들 다섯 명은 2000년 6월 6일 과천 관악산 입구에서 첫 모임을 갖고 체력보강을 위해 관악산 등반에 나섰다. 가장 나이가 어린 장애아 희준이가 관악산 중턱을 힘겹게 오르자 홍대유 기수님은, "희준아 좀 더 힘을 내야지. 그래 잘 한다."하시며 격려하고 이끌어 주었다. 희준이는 연신 땀을 흘리며 특유의 언행으로 힘겨움을 호소하면서도 얼굴이 밝기만 했다. 과천 관악산 입구에서 연주암으로 오르는 코스는 전문 등반가도 쉽지 않다고 할 정도로 힘겨운 산행이었다. 결국 이 날은 정상을 밟지 못하고 중턱까지 오른 것으로 만족해야 했지만 장애 아이들의 얼굴 에선 백두산 정상을 꼭 오르고 싶다는 의지를 엿볼 수 있었다.

이렇게 시작한 훈련은 포기하지 않고 진행되었다. 나는 우리 장애아이들 다섯 명과 죽을 각오로 지리산에서 덕유산까지 무려 80km나 되는 구간을 보행하면서 각고의 훈련을 하였다. 이후에도 뛰어서 쉬지 않고 수락산 정상가기 등의 보행훈련을 하였으며 그 외에도 10시간 이상 걸리는 장거리 버스 타기, 기차 타고 목적지까지 가기도 훈련 프로그램으로 소화하였다. 우리 장애아이들에게 이런 고강도의 훈련은 평소 같으면 불가능하다고 했을 정도로 강행군이었다. 하지만 사상 최초로 백두산을 등반하려면, 그리고 그 과정에서 낙오되거나 실패하지 않으려면 더한 강도로 훈련을 할 수밖에 없었고 그것은 피할 수 없는 선택이었다. 너무나 감사하게도 아이들은 불평하지 않고 충실하게 훈련에 임해주었고 백두산 등정 일정은 하루하루 눈앞에 다가왔다. 모든 것이 순조로워 보였지만 예상치 못한 변수는 나에게서 벌어졌다.

정신지체를 가진 우리 아이들과 백두산 등정계획을 세워놓고 훈련을 하는 과정은 피를 말리는 순간이 한 두 번이 아니었기에 나의 마음은 긴장과 초조, 불안으로 조금도 쉴 수 없었고 혹시 불의의 변수로 인해 행사가 취소되지는 않을까, 생각지도 못한 어떤 변수가 작용하지는 않을까 하는 걱정이 쉬지 않고 나를 괴롭혔다. 그러다 급기야는 급성위염이 발병하고 말았다. 나는 약을 먹으며 아 픈 속을 치료하는 한편 백두산을 가는 그 날까지 밥 대신 죽만 먹으며 훈련을 해야만 했다. 죽만 먹고 버티어야 했기에 때론 현기증이 나서 쓰러지기 일보직전까지 왔지만 내가 쓰러지면 모든 일은 끝이라는 생각이 들어 하나님께 간절히 매달려 마음속으로 기도할 수밖에 없었다.

"모든 사람에게 자비롭고 공의로우신 하나님, 20년 전부터 제가 기도드렸던 저의 간절한 소망과 2000년을 향한 비전을 헛되이 하시겠습니까? 제발 저에게 힘과 건강지혜를 주셔서 이번 백두산 등정을 성공시킬 수 있게 해주옵소서. 모든 일의 성공은 하나님을 증거하기위한 수단이오니 제가 하나님 영광의 도구로 쓰임 받게 해주옵소서."

나의 애절한 기도는 하루도 쉴 수가 없었다. 기도가 통했음일까. 나는 끝까지 쓰러지지 않았고 고대하고 고대하던 백두산 등정 당일 힘차게 발걸음을 나섰다. 우리 아이들도 강도 높은 훈련에 단련되어서인지 서울에서 속초까지 4시간여 걸리는 버스를 타도 문제가 없었고 배를 타고 속초에서 자르비노항까지 16시간 행, 다시 버스를 타고 자르비노에서 훈춘(琿春)까지 3시간 행, 환승하여 훈춘에서 백두산 입구까지 12시간 행을 견디어 주었다.

장거리 배와 버스를 타고 백두산 밑의 숙소인 산장에 도착하였지만 우리의 일정에는 여유가 없어서 씻지도 못한 상태로 피곤에 절어 잠이 들었다. 그나마 잠을 잘 수 있는 시간도 많이 없어서 꿀같은 4시간을 자고 나서 새벽 4시 반에 기상하여 백두산 등정을 시작했다. 아침 식사는 아예 하지 않고 출발했는데 만약 식사를 하고 등정을 하면 오히려 울렁거림이 심하고 탈이 날 수 있어서 빈속에 오르기로 했다.

등정에 앞서 가장 걱정이 되었던 것은 가장 어렸던 초등학교 4학년의 희준이었다. 신체적으로 연약해서 새처럼 마른 학생이라 과연 이 어리고 연약한 아이가 잘 따라올 수 있을까 모두들 걱정이 많았지만 모두의 예상과는 다르게 실제 큰 어려움에 처했던 아이는 가장 나이가 많았던, 아이들의 대장이었던 25세의 윤도녕 학생이었다. 평지에 있을 땐 몰랐는데, 해발 2000미터 높이로 올라가니 호흡에 문제가 생긴 것이다. 예상치 못한 위급 사항에 윤도녕 학생은 중도 하산을 하고 나머지 일행만이 백두산 등정을 하게 되었다. 높이마다 달라지는 강한 삭풍과 험난한 지형이 한걸음 한걸음을 더디 내딛게 만들었다. 높은 경사에선 서로 손을 내밀어 잡아 주고 뒤에서 밀어주고 앞에서 끌며 올라갔다. 그렇게 얼마나 올랐을까 새벽 4시 반에 출발하여 6시간을 넘게 오르니 드디어 정상에 도착할 수 있었다.

오랜 시간의 공복에다가 추위와 피곤에 쌓여 쉬지 않고 힘겹게 걸어서

백두산 등정을 위한 극기체험훈련

두만강 국경 표지석 앞에서

정상에 올랐을 때의 뿌듯함은 이루 말할 수 없었다. 이 등정은 정신지체인 학생으로서는 최초로 등정에 성공한 것이다. 그러기에 백두산 천지를 밟는 순간 나의 마음속에서는 만감이 교차했다. 보통 사람들도 아니고 장애인 아이들을 인솔하여 백두산에 오르다니. 장애 학생들도 자신들이 해냈다는 사실에 무척이나 뿌듯해하고 기뻐하였다.

백두산 등정이 내게 너무나 소중하고 특별했던 이유는 나의 일생 중에서 이룩할 수 있는 꿈들 중에서 귀한 꿈 하나를 실현했기 때문이었다. 그 영광은 무엇보다도 백두산 등정을 성공할 수 있도록 허락해 주신 하나님 덕분이었고, 물심양면으로 도와주신 마사회와 기수 분들, 국내에서 아낌없는 지원과 정신적인 지주 역할을 해주신 그루터기 여가생활학교 권영석 교장 선생님과 동역자 선생님들께서 계셨기에 가능한 일이었다.

그리고 이 영광스런 경험은 힘든 훈련 중에 여러 어려운 고비를 끝까지 참고 견디어 준 주인공 다섯 명 아이들이 있었기 때문에 가능했기에 고마운 마음을 깊이깊이 느꼈다.

백두산 정상에서 나는 나의 남은 생에 욕심 없는 가난한 마음으로 장애 아이들과 더불어 서로 사랑하며 섬기고 나누는 삶을 후회 없이 살고 싶다는 소망을 열렬히, 간절히, 그리고 조용히 기도했다.

"하나님, 우리 그루터기 장애인여가생활학교가 하나님께 들림 받고 지역 사회의 소외되고 불쌍한 장애 아이들에게 편안하고 행복한 쉼터가 되게 해 주옵소서."

장애인 최초 고구려 역사 유적지 테마기행

백두산 등정에 성공한 경험을 바탕으로 나는 무엇보다 우리도 해낼 수 있다는 자신감을 얻게 되었다. 그것이 그 무엇보다 큰 소득이었다. 그리하여 나는 두 번째 도전을 감행했다. 그것은 바로 장애인들에 의한 최초의 고구려 역사 유적지 테마기행이었다. 백방으로 도움을 요청한 결과 기금이 마련되었고 우리는 자세한 숙식처도 잡지 못한 채 옛 우리 땅 고구려를 향해 출발했다.

2002년 7월 20일에서 28일까지 6박 7일간의 길 다면 길고 짧다면 짧은 여정의 시작이었다. 백두산 등정이 한국기수협회의 주된 도움으로 이루어졌다면, 고구려 역사 유적지 테마기행은 후원을 받아 온전히 우리 자체의 힘으로 이루어낸 것이었다. 모든 일정에 대한 계획을 세우고, 그것을 실행에 옮기기까지 나는 모든 필요한 자료와 정보를 3개월 동안 스스로 찾았고 추진계획서를 만들어 언론에 홍보도 하였으며 기업들을 찾아다니며 기업의 사회적 이미지 제고에 도움이 된다고 설득하면서 고군분투하였다. 숱한 어려움 끝에 1000만 원 정도의 후원금을 모을 수 있었다. 그리고 그 소중한 돈을 바탕으로 드디어 여행의 첫 발을 내디딜 수 있게 되었다. 고구려 역사기행의 목적은 장애인들과 우리 모두에게 백두산까지만 우리 땅이 아니라 사실은 중국의 요동반도가 다 우리 땅이었다는 것을 널리 알리고 자긍심을 갖게 하고자 하는 것이었다.

서울 창동역에서 대절버스로 속초로 가서 배를 타고 러시아를 경유하여 중국에 들어가 연길에서 안내자를 구했다. 이어서 우리는 이도백하(二道白河)까지 버스로 이동한 뒤, 이도백화에서 기차를 타고 통화로 이동했다. 우리는 통화 가는 기차를 타기 위해 7시간을 역 앞에서 기다렸는데 제 시간에 바로바로 기차가 오는 우리나라의 실정을 생각하면 상상하기도 힘든 연착이었다. 하지만 넓은 대륙의 땅에서는 몇 시간 연착은 일상다반사였으므로 우리도 현지에 적응할 수밖에 없었다. 이동에만 대부분의 시간을 쏟아 부은 힘든 일정이었다. 우리는 잠시도 쉴 수가 없었다. 어렵게 도착한 통화(通化)에서 집안(集安)으로 버스를 타고 이동하여 꿈에도 그리던 고구려 역사유적지에 도착할 수 있었다.

차량, 식사, 기차표, 식당 등의 모든 정보는 현지에 도착하여 나와 가이드가 직접 알아보고 자체적으로 해결했다. 이는 쉬운 일이 아니었다. 만약 현지에서 식당을 찾지 못한다거나 섭외가 안되면 40여 명이 쫄쫄 굶을 수밖에 없는 상황이었으며 숙소를 구하지 못하면 노숙을 할 수밖에 없는 긴장된 상황이었다. 40여 명의 일행이 식사를 하고 있으면 나와 가이드는 미리 나와서 숙소를 알아보지 않으면 안 될 정도로 일정은 빡빡했고 긴장의 연속이었다.

현지 가이드는 당시 선교사로 나가있던 처의 삼촌이 섭외를 해주셔서 소개를 받았다. 하지만, 당시 중국은 차가 시간표에 따라 딱딱 맞게 도착하지 않았다. 그래서 역에서 역으로 이동할 때 대기시간만 3~4시간이 되기도 했다. 또한 우리나라처럼 숙소 예약 제도도 존재하지 않아서, 그날그날 살펴보고 상황에 맞게 숙소를 찾아 정해야 했다. 호텔 같은 곳은 생각도 못했다. 그렇기 때문에 다른 사람보다 한 발 한 발 앞서서 모든 것을 생각해야 했다. 다른 사람들이 아침식사를 걱정할 때 한발 더 나아가서 나는 점심과 저녁 숙소를 걱정해야 했다. 그러나 그때는 고생이라고 생각하지 못했다.

지금 같으면 이것저것 두려움도 생기고 걱정했을 텐데. 그 당시는 문제가 생기면 어떻게든 해결한다는 자신감이 있었다. 그때는 부딪히는 대로 해도, '생각이 곧 행동이다'라는 마음가짐으로 자신감이 있었다.

어렵게 도착한 고구려 역사 유적지는 무척이나 감동적이었다. 비장애인들도 평생에 한 번 오지 못할 곳을, 장애인들과 교사들이 우리나라에서 최초로 와 본 것이다. 그 모든 험난한 과정을 내가 스스로 기획하고 현실로 이루어 냈다는 것을 비로소 실감이 갔다. 그리고 그동안 노력과 고생이 모두 보상받는 느낌이었다. 우리의 이 같은 행적은 다시 한 번 언론에서도 주목하여 매스컴에 보도되기도 했다. 장애인들도 하면 된다는 모습을 보여주고 실제 결과로 이룩해 내어 무척 보람되고 기뻤다.

※ 고구려 문화역사테마기행

1. 참가인원 : 총23명(장애학생 11명, 자원봉사 및 인솔교사 12명)
2. 코스 : 속초-자루노비(배)-훈춘-도문-연길-용정-
   이도백하(버스)-통화(기차)-집안(왕복 3000Km)
3. 교통편 : 배, 버스, 기차

중국 대륙을 호령하던 광개토대왕의 위엄을 느낄 수 있는 광개토왕비를 비롯한 장군총, 무용총 등 고분 1만기, 강대했던 고구려 역사 속에서 4백여 년을 이어온 수도이자 군사요충지인 국내성, 환도성 등 우리 선조들의 숨

그루터기 2002년

광개토대왕의 묘 앞에서

결이 느껴지는 많은 유물, 유적지를 돌아보는 생생한 역사체험을 할 수 있는 고구려 문화역사기행을 기획하면서 어려움이 많았다. 우리 장애인 친구들에게 최대한 편안하고 안락한 여행을 준비하다 보니 경비가 너무 많아 대다수가 부담스러워 했다. 그래서 경비를 최대한 절약하는 방법을 연구하게 되었다. 중국 가는 교통수단을 비행기 대신 배로 결정했고, 여행사 여행상품 대신 관광일정, 코스, 수속을 직접 발로 뛰어 경비를 절약했고, 인터넷을 통해서 다양한 정보를 수집하고 수집된 정보를 최대한 활용하여 중국 현지에 있는 선교사님께 부탁하여 고구려 문화 유적지를 직접 답사하고 숙박, 차량, 기차표 예약을 했다. 한 치의 착오 없이 진행할 수 있도록 준비하기 위해서 6월, 7월 두 달은 하루 24시간이 부족할 정도로 점검에 점검을 하며 여행 준비를 했다.

이렇게 어려운 가운데 고구려 유적지 집안(集安) 지역의 탐방을 모두 마치고 통화로 가는 버스에 탑승하니 아이들, 교사 모두 피로가 몰려오는듯 하나같이 잠에 빠져 통화에 도착한지도 모르고 자고 있었다. 가이드가 깨워 겨우 식당으로 안내되어 저녁을 먹고, 통화역에서 가차를 타고 이도백하로 향했다. 통화에서 이도백하까지 가는 기차 안 에서의 느낌…… 처음 기차에 오를 때는 무덥고 너무 비좁아 아이들이 도저히 적응하지 못할 줄 알았는데 밤이 점점 깊어 가면서 몸과 마음이 지쳐 자신도 모르는 사이 잠이 들고 순응해 버리는 아이들의 바로 이런 모습이 중국인들과 어울리는 과정이 아닌가 싶다. 우리들의 많은 허울들. 교만들이 하나하나 벗겨져 인간의 본연의 모습이 세상 누구나 갖고 있는 인간 그 자체 모습들, 공통된 모습이기에 통할 수 있다. 즉 우리들의 이질적인 요소를 과감히 벗어버리는 순간부터 세상 어느 곳이든지 여행을 할 수 있는 자격이 생기지 않나 생각된다.

이도백하역이 가까워지자 환하게 동이 트기 시작했다. 우리들을 연길까지 데려다 줄 버스기사는 새벽2시에 연길을 출발하여 5시에 이도백하에 도착하여 우리 일행이 기차에서 내려오기를 기다리고 있었다. 친절한 버스 기사 안내로 아침식사를 하고 너무 피곤하고 지쳐있어 중간 관광지 일정을 생략하고 연길로 직행했다. 연길에 도착하여 사우나에 들어가 간단히 샤워를 하고 점심은 진달래 냉면을 먹었다.

진달래 냉면집은 북한에서 재료, 주방장을 데려와 직접 경영한다고 했다. 연길에서 여러 일정이 있었지만 그동안 힘든 여행일정으로 심신이 지쳐있는 것 같아 모두 취소하고 연길시장과 사랑의 집만 방문하고 저녁식사 후 숙소로 돌아와 휴식에 들어갔다.

어제까지 관광일정을 모두 마치고 오늘은 배를 타고 집으로 돌아가는 날 서울, 속초 자르비노, 훈춘, 도문, 연길, 용정, 이도백하, 통화, 집안까지 왕복 3000km의 대장정 6박 7일정을 무사히 마쳤다. 이번 고구려 문화역사기행에 참여한 23명 모두에게 감사하며 모두 파이팅! 이다.

이번 여행을 통해서 한층 성숙하고, 의젓해진 우리 장애인 친구들 모두에게 고난극복 의지에 한국인 훈장을 하나씩 달아주고 싶다. 비록 우리 친구들이 장애가 약간 있지만 하고자 하는 신념, 의지, 인내가 있기에 불가능을 가능으로 만들지 않았나 생각한다. 우리 장애인 친구들이 이렇게 되기까지는 헌신적으로 자원봉사 해 준 서아름, 박서회, 김민균 그리고 인솔교사로 수고하신 손명진, 박영식, 원근호, 김문환, 박순호, 이효숙, 문성옥, 정선근 선생님들의 적극적인 참여와 희생과 봉사가 있었기에 가능한 일이다. 우리장애인 친구들은 하나에서 열까지 모두 자원봉사자의 손길을 요하기 때문이다. 특히 손명진 선생님은 설사하는 친구를 맡아 유달리 고생을 많이 하셨다. 행사를 기획하고 준비한 사람으로서 좀 더 편안하고 안락한 여행이 되지 못한 점에 대해서 송구스런 마음, 미안한 마음으로 깊이 머리 숙여 자원봉사, 인솔교사 선생님들께 다시 한 번 감사드립니다.

마지막으로 고구려 문화 역사기행이 원만하게 마무리되기까지 보이지 않은 손길들이 많이 있었다. 바쁘신 가운데도 행사가 있을 때마다 오셔서 격려와 용기를 주시는 고려문화사 권영석 사장님(그루터기 장애인여가생활학교 교장)과 특히 물심양면으로 후원해주신 동춘해운 박성호 사장님과 적극적으로 실무지원 협조해주신 강남희 팀장님께 진심으로 감사드립니다.

겨울 백두산 천지 정복

백두산 천지를 한 번 등정하는데 성공하기는 했지만 여전히 백두산은 도전의 대상으로 생각되었다. 그리고 이번에는 다른 기관의 전폭적인 힘을 빌리지 않고 우리가 자체적으로도 할 수 있다는 것을 보여주고 싶어 자체적이고 독자적인 백두산 천지 등정을 계획했다.

때는 2003년이었다. 2000년 당시 백두산을 등정했을 때보다 더 어려운 작업이었다. 2000년에는 여름이어서 날씨에 문제가 없었는데, 2003년에 백두산 천지등정을 할 때는 겨울이라 몹시 힘들었다. 영하 40도에 바람과 눈을 뚫고 올라가는 것은 전문 산악인에게도 매우 힘든 일이었다. 이상하게도 바람이 불지 않고 가만히 있으면 춥지 않았으나, 조금만 움직이거나 바람이 살짝만 스쳐도 살이 아렸다. 눈이 산더미만큼 쌓여있어서 눈 위를 걷지 못하고 그 사이를 뚫고 들어갔다. 가이드들이 가면서 길을 뚫었고 우리 장애인 일행은 그 뒤에서 따라 갔다.

몇 시간을 사투를 벌이며 올라갔을까 드디어 산 정상에 올라설 수 있었다. 그리고 아래로 천지가 내려다보였다. 겨울이었기 때문에 더욱 맑고 청명한 분지였다. 겨울에 그토록 맑은 날씨는 1년 중 며칠이 될까말까라고 하는데 우리는 너무나 운이 좋게도 맑은 날의 천지를 본 것이다. 그리고 천지는 분지였기 때문에 의외로 따뜻했다.

산기슭은 영하 40도를 넘나드는 혹한의 날씨였는데 백두산 천지 안에 도착하고 나서는 영상의 날씨 같았다. 마치 이 산 전체가 어머니처럼 우리를 품어주는 것 같이 포근했다. 아이들은 천지의 맑은 하늘을 만끽하며 환호성을 질렀다. 내 마음 속에서도 즐거운 비명이 새어나왔다. 두 번째의 천지 등정은 내 인생에서 참으로 소중한 경험이었다.

하산할 때에는 나무들이 많이 없었고 안전사고의 위험이 덜했기 때문에 3명, 4명씩 서로 묶어서 옆으로 미끄럼을 타서 내려왔는데 힘든 와중에서도

그루터기 2003년 겨울 백두산 등정

아이들이 무척 즐거워했다. 나무가 많으면 사고가 날 수도 있는데 오히려 겨울이라 아무것도 없었기에 비교적 수월한 하산이 가능했던 것이다. 내려오면서 생각지 못한 눈썰매를 탄 아이들은 역시 환호성을 지르며 좋아했다.

겨울 속의 여름, 태국 역사문화기행

지난 1월 5일 인천공항에 자원봉사자 선생님들과 우리친구들 총 18명이 모였다. 비행기 탑승 수속 때문에 2시간 정도 기다려야 하는 어려움이 있었다. 1시간 정도 잘 기다렸나 싶은 생각이 들 때, 우리 친구들 중에 한 명의 친구가 자원봉사자 선생님의 눈을 피해 잠깐 사라져 보이지가 않는다. 몇 분의 자원봉사자 선생님들이 흩어져 사라진 친구를 찾기 시작했고 찾는 동안 초조하고 제 시간에 떠날 수 있을까 걱정이 되었다. 찾기를 시작한지 30분 후 친구들을 찾았고 비행기 안에 탑승하여 이륙할 수 있었다.

한 번의 고비를 넘긴 것일까? 아이들의 비행기를 통한 여행은 이번이 처음이고 무려 인천공항에서 태국 방콕까지는 비행기로 5시간이 걸리는 긴 여행이다. 5시간 동안 하늘 위를 붕 떠있는 시간, 딱딱한 의자와 좁은 통로는 선생님들에게도 힘든 시간이었다.

걱정이 현실이 된 순간이 3시간 정도 비행기를 탔을 때 왔다. 아이들 중에 한 명이 멀미를 시작했고 비행기 안에 있던 승무원이 태국 사람들뿐이어서 의사소통이 잘 되지 않아 어려움이 있었다. 하지만 그 친구를 잘 알고 계시는 선생님께서 안정을 취하게 하신 후 편안해졌고 방콕 공항에 내릴 수 있었다.

공항에 내리자 한국과는 다르게 더운 바람이 불었고 태국은 여름처럼 느껴졌다. 태국도 현지 계절로는 겨울이라고 하는데도 우리나라 여름 날씨처럼 느껴졌다. 가이드를 만나 호텔에 이동하는 중 한국여행사와 태국여행사와의 의사소통이 잘 되지 않아 우리 장애 아이들을 잘 알지 못하는 가이드가 안내를 하게 되어 걱정이 앞섰다.

2003년 여름에는 일본역사문화기행을 했는데 그 때는 가이드가 우리 아이들에게 관심을 가지려고 많이 노력하고 챙겨주는 모습이어서 감동을 받았는데 이번에 또 한 번의 난관을 만난 것 같았다.

호텔에 짐을 풀고 맛있는 저녁을 먹고 일찍 잠자리에 들었다. 아이들은 태국음식을 좋아하고 잘 먹어서 다행이었다. 비행기를 타서 피곤했는지 아이들을 씻고 일찍 잠이 들었다.

둘째 날이 밝았다. 태국왕이 현재 살고 있는 왕궁으로 이동 했는데 들어가기 전 아이들과 자원봉사 선생님은 어제 전해들은 대로 긴 바지와 운동화, 구두를 착용했다. 정문에서 지나가는 사람들이 우리의 의상을 유심히 쳐다보는데 무섭기도 했다.

에메랄드 사원과 궁은 장엄하고 화려했다. 아이들과 함께 만져보고 기념사진도 찍었다. 이어서 태국을 대표하는 수상시장에 갔다. 길다란 통통배에 몸을 싣고 새벽 사원과 수상가옥을 구경했는데 우리 아이들은 수상시장에서 파는 열대과일과 음료를 사서 먹기도 했다. 식사를 한 후 방콕에서 2시간 정도 차로 이동하여 파타야로 갔다. 파타야 농눅빌리지 안에서 민속쇼와 코끼리 쇼를 보았는데 아이들은 무서워하면서도 호기심 있게 코끼리쇼에 열중이었다. 아침 일찍부터 저녁까지 힘든 여행이었지만 가이드의 안내와 일정대로 아이들이 잘 따라와 주어서 대견하고 고마웠다.

셋째 날이 밝았다. 짝꿍 자원봉사자 선생님의 손을 잡고 말끔하게 차려입은 친구들의 모습이 멋졌다. 이 날은 푸르고 아름다운 산호섬에 갈 예정이었다. 이틀 정도 우리 아이들을 돌보아준 자원봉사 선생님들 중에는 수영을 하고 나면 배가 고플 것이라며 빵을 챙기시고 혹시 입에 맞지 않는 음식이 나올까 걱정하여 고추장과 김을 챙기시는 모습도 보였다.

사람들은 미리 호텔에서 겉옷 안에 수영복을 입고 나왔다. 우리 아이들 중 몇 명은 배가 산호섬에 도착하자마자 물 만난 물고기처럼 겉옷을 벗고 해변으로 뛰어 들어갔다.

너무나 깨끗하고 파란 바다였다. 산호섬에서 바나나 보트를 탔는데 가이드는 우리 아이들이 바나나 보트를 탈 수 있을까 걱정이 되는지 얼굴 표정이 심각했다. 하지만 아이들이 멋지게 바나나 보트를 타고 오자 자신의 걱정이 쓸데없었다고 생각하며 안도의 한 숨을 쉬었다.

코끼리 농장에서도 아이들은 커다란 코끼리를 탔었다. 소인국으로 불리는, 세계의 건축물을 축소 제작하여 전시한 미니시암 입구에서 가까운 곳에 우리나라의 남대문이 보였다. 아이들은 어디서 많이 보았다는 표정을 지으며 대문을 말하고 만져보았다. 남대문을 보며 아이들에게 애국심이 상기된 것인지…

이후에는 파인애플 농장에 들러 맛있는 파인애플을 먹고 방콕으로 이동했다. 관광이 피곤했던지 이동 중에는 내내 아이들이 잠들어 있는 모습을 볼 수 있었다. 감사하게도 이번 여행 중에 아프거나 음식으로 인해 고생하는 친구들이 없어서 다행이었다. 이젠 걱정의 큰 산을 넘은 것 같았다. 가이드도 3일이 지나자 우리 아이들에게 관심을 보였고 친구들과 이야기도 나누는 모습을 볼 수 있었다. 그새 정이 들었는지 자원봉사 선생님도 우리 아이들의 행동만 보고도 무엇을 이야기하는지 아는 것 같았다. 사람과 정이 들려면 같이 생활을 해봐야한다는 말이 진실인 것 같다.

이번 3박 5일의 태국 역사문화기행은 힘든 점들도 있었지만 재미있고 보람된 일들이 더 많았다. 이번 여행을 통해 다시 한 번 자원봉사자의 역할과 사전에 어떤 것들을 준비해야하는지 알게 되었다. 이러한 경험들이 아이들과 떠날 다음 여행의 밑거름이 되었다. 3박 5일 동안 큰 문제없이 일정대로 잘 따라와 준 아이들과 자원봉사 선생님께 다시 한 번 큰 고마움을 느꼈다.

국내 역사, 문화 체험 테마기행

그루터기 장애인여가생활학교를 운영하려면 여러 측면에서 재정적인 후원이 절실했다. 개인 차원에서 들어오는 후원도 큰 도움이 되었지만 많은 학생들과 함께 프로그램을 기획하고 국내 또는 해외로 테마기행을 다녀오려면 기업체의 후원이 절실했다. 하지만 기업에서 먼저 우리를 알고 연락을 주기에는 아직 우리 학교가 많이 알려지지 못한 측면이 있어 고민이었다.

그래서 나는 내가 먼저 기업체에 제안을 해서 후원을 받자는 전략을 생각하게 되었다. 기업체에 내가 학생들과의 테마기행에 대한 모든 계획과 제안서를 완벽하게 작성하고 기업의 홍보담당자에게 연락하여 기획 프로그램에 대한 취지를 설명하였다. 어떤 기업들은 큰 관심을 보이지 않았지만 감사하게도 우리의 활동을 인정하고 관심을 가져주는 업체들이 나타나기 시작하여 우리는 장애 아이들과 국내 역사, 문화기행을 진행할 수 있게 되었다.

우리가 매월 둘째, 넷째 주, 다시 말해 한 달에 두 번씩 꾸준히 모이면서 등산도 하고 걷기 프로그램도 진행하였는데 그 중에 한번은 테마를 잡고 장애 아이들이 평소에 가기 힘든 곳을 체험 활동으로 가서 진행하면 좋겠다는 소망이 들었었는데 외부 기업체의 후원을 받게 되면서 그것이 가능하게 된 것이었다.

당시 그루터기 장애인여가생활학교 아이들이 스무 명 정도가 되었는데 선생님들 수까지 더하면 기본 인원이 스물 다섯 명 정도였다. 기업체로부터 받은 후원금으로 버스 1대를 수월하게 대절할 수 있게 되었는데 큰 버스는 45인승으로 우리의 인원을 제하고 나면 스무 자리가 남는 것이었다. 이렇게 소중한 자원을 낭비할 수가 없어 나는 남은 스무 자리 정도를 지역에 있는 장애학생들에게 나누어 주고자 지역사회 교육기관이나 보육원에 공문을 보냈다.

개인주의적인 입장에서만 생각한다면 남는 자리를 '우리끼리' 편하게 다녀오자는 생각이 앞설 수도 있고, 귀찮게 공문을 작성하고 또 받고, 그 중에서 적격자를 선발한다는 것이 불필요한 시간이 드는 일일 수도 있을 것이나 나는 이렇게 받은 후원이 단지 우리 아이들만을 위해서가 아니라 우리 아이들처럼 장애가 있는 아이들 전체가 받은 것이라는 마음이 들어 단 한 자리라도 비워둔 채로 테마기행을 떠날 수가 없는 것이었다.

그래서 내가 좀 귀찮고 힘들더라도 열심히 공문을 작성하여 지역사회에 보내고, 그것을 보고 지원한 무수한 신청자들 중에서 고심 끝에 선발하여 스무 명 정도를 선발하였다. 물론 나름대로의 원칙과 기준이 있었다. 복지관의 규모나 인원에 맞추어 신청자 인원을 조절하고 공문 내용에는 가정 형편이 어렵거나 여행 체험을 여태껏 못해본 학생들, 이러한 활동이 꼭 필요한 학생들이 있으면 골고루 보내달라고 하여 인원을 모집하였다. 출발하는 당일, 밝게 웃으며 모이는 아이들을 보면 그동안의 내 수고와 노고는 한 순간에 씻은 듯이 날아가고 즐거운 여행에 대한 기대가 앞서며 힘이 나는 것이었다. 이렇게 우리는 다양한 국내 역사, 문화 테마기행을 다녔다.

양평 딸기 따기 체험에서는 아이들이 직접 딸기도 따면서 맛보고 즐거운 시간을 가졌으며, 대관령 양떼목장 체험에서는 커다란 풍력발전기도 보고

유명산 테마기행

양평 딸기 따기 체험

목련회와 함께 충주 사과 따기 체험

목련회와 함께 에버랜드 테마기행

기수협회와 함께 제주도 테마기행

전곡 선사시대 체험

춘천 먹거리 체험 테마기행

목련회와 함께 한강 유람선 타기

원주 문학 체험 테마기행

목련회와 함께 부천 워터파크 체험

광명 동굴체험 테마기행

좋은 이웃과 함께 송년잔치

유명산 가을 단풍 체험

그루터기 활동보고회 및 송년잔치

아라 뱃길 크루즈 체험

희망학교와 함께 고요수목원 가을 소풍

양들에게 먹이도 주면서 그간의 스트레스를 날려버릴 수 있었다. 그 뿐만 아니라 장애인 문학체험 테마 기행, 호반의 도시 춘천 테마기행, 서울 지방 우정청과 함께한 사과 따기 테마기행 등 셀 수 없을 정도로 많은 테마기행을 통해 우리는 다양한 경험을 쌓고 세상을 느끼며 호흡할 수 있었다.

주말 산행과 지역사회 청소년 리더십 프로그램

장애 아이들에게 '걷기'란 중요하고도 특별한 운동이며 비장애인들이 생각하는 것처럼 쉽고 별로 의미 없는 활동이 아니다. 큰 장애를 가진 아이들에게 걷기란 도전이며 하나의 커다란 벽이 되기도 한다. 그래서 잘 걸을 수 있다는 것은, 마음껏 걸을 수 있다는 것은 장애 아이들에게 축복이고 커다란 능력도 된다. 그래서 관심을 갖고 살펴보면 장애 아이들이 걷는다는 것이 때로는 놀라운 축복의 모습이며 학교에서는 걷기와 트레킹이 교과과정으로 들어가기도 한다.

이런 점에서 등산은 장애 아이들에게 최고의 교육 중 하나였다. 등산은 비장애인들에게도 꺼려질 수 있고 체력적으로 부담이 될 수 있는데 장애 아이들에게는 배워야 할 곳이고 목표이기도 했으며 도전해야할 곳이기도 했다. 그루터기 장애인여가생활학교를 운영 하면서 비용을 들이지 않고도 최고의 만남과 교육을 줄 수 있는 것이 무엇일까 생각했을 때에 나는 주저 없이 꾸준한 등산을 생각했고 우리는 격주로 모일 때마다 산에 올랐다.

비가 오는 날이나, 눈이 오는 날에 상관없이 바람이 불면 부는 대로 햇볕이 내리쬐면 쬐는대로 우리는 삼삼오오 모여서 산에 올랐다. 아이들의 얼굴에서는 웃음꽃이 피어났고 이들을 보조하는 자원봉사자들에게서는 사랑이 샘솟

갯벌체험

대전시티투어

우수 자원봉사 학생 표창

청소년 리더쉽 음악회

았다. 물론 때로는 아이 중 한 명이 보이지 않아서 온 산을 찾고 다니는 등 예상치 못하게 위기의 순간이 찾아오기도 했다. 그래도 그런 위기의 순간이 있을 때마다 우리의 결속력은 더 강해졌고 산에 대한 사랑은 깊어져 갔다.

우리의 주말 산행이 지역에도 좋은 소문이 났고, 나 역시 이러한 프로그램을 우리만 참여하는 것이 아쉽다는 생각이 들 즈음 영훈고등학교 교장선생님을 통하여 우리의 취지와 프로그램에 공감 한다는 소식을 듣게 되었다.

나 역시도 영훈고의 이 학생들이 전교에서 1등, 2등을 할 정도라면 서울대 및 전국의 유수의 대학에 가서 엘리트가 되고 우리 사회를 이끌어갈 지도자가 될 것이며 세계적인 인재, 글로벌 리더가 될텐데 그렇다면 단지 지식으로서 뿐만 아니라 리더십과 인성, 타인에 대한 배려를 갖춘 사람이 되어야 될 것이라고 영훈고에 말씀을 드렸더니 적극 공감 지지해 주셨다. 교장 선생님도 우리의 주말 산행과 함께 한다면 자기네 학생들이 단순 봉사만 하는 것이 아니라 글로벌 리더가 되기 위한 최소한의 연습이 될 수 있겠다고 생각하셨고 그리하여 영훈고의 학생들이 우리의 주말 산행 프로그램에 자원봉사자로 참여를 하게 되었다.

나는 주말 산행을 하면서 고등학교 청소년들에게 너희가 어떤 전공을 하든지 우리 사회는 타인을 배려하며, 타인과 함께 살아가야 하고 너희가 앞으로 사회 지도층이 되었을 때 어렵고 힘든 아이들을 돌 볼 수 있는 역할을 해야 한다고 강조하여 이야기해 주었다. 우리 청소년들이 공부만 잘하고 처세를 잘해서 일류 대학을 나오고 장관이 되고 고위 공무원이 되어도 타인을 배려하지 않고 자기 위주의 생각만 한다면 어떻게 사회가 유지되고 발전할 수 있겠는가 우리의 주말 산행에서는 짧은 시간이지만 잠시 쉬어가면서 자율적으로 발표를 하는 시간도 있었다. 그때에는 누구든지 나와서 노래를 불러도 되고, 자기 생각을 말해도 되는 시간이었는데 나는 이 시간을 통해서 아이들이 단순히 노래자랑을 하거나, 노래실력을 키우라는 것이 아니라 자기의 생각을 여러 사람 앞에서 당당히 말할 수 있게 하고 자신감과 용기를 가지고 조리 있게 표현하는 경험을 갖도록 했다.

장애 아이들과 청소년 자원봉사자들이 앞에서 끌어주고 뒤에서 밀어주며 자기의 생각을 교환하고 타인의 삶을 있는 그대로의 모습으로 만나며 공감하면서 산행을 통한 건강의 증진뿐만 아니라 삶의 비전 꿈이 새싹이 나서 커지고 더 아름다워지는 모습을 곁에서 지켜보며 나의 가슴에도 한 줄기 나무가 무럭무럭 자라나 뿌리를 내리고 꽃을 피우며 열매를 맺어가고 있었다.

영훈 고등학교 글로벌 리더 프로그램

2008년 즈음, 그루터기 장애인여가생활학교가 힘차게 성장을 하고 있을 때 평소 존경하고 지내던 영훈고등학교 교장 선생님으로부터 연락이 왔다. 교장선생님께서는 영훈고에서 학업 성적이 우수하고 모범적인 학생들을 따뜻한 가슴을 가진 글로벌 리더로 키우고 싶다는 포부를 가지고 계셨다.

"변상오 선생님, 글로벌 리더는 공부만 잘한다고, 머리만 좋다고 되는 건 아닙니다. 타인을 향한 따뜻한 가슴과 배려심, 그리고 무엇보다 이 모든 것을 실천에 옮기는 리더십이 있어야 글로벌 리더로서 이 세상에 공헌할 수 있는 것 아니겠습니까? 그래서 저희 아이들의 인성 교육을 선생님께 맡기고 싶습니다. 도와주십시오."

그리하여 나는 교장 선생님의 생각에 전적으로 공감한다는 말씀을 드렸고 그리하여 우리 그루터기와 영훈고가 글로벌 리더 양성 자원봉사 프로그램에 관한 MOU를 체결하게 되었다. 고등학교 때부터 성적이 우수한 학생들이 마음으로부터 우러나온 진심으로 장애인을 도우며 배려한다면 자연스레 인성교육이 이루어질 것이기에 한 달에 한 번씩 봉사활동을 하기로 계획하였다. 그리고 만약 이 학생들과 우리 장애 아이들과 해외여행을 가게 되면 그 비용을 학교에서 내기로 했다.

그렇게 시작된 인연으로 영훈고 학생들 20명은 장애아이들과 1대 1로 결연을 맺고 꾸준히 봉사활동을 하기 시작했다. 그리고 중국과 일본을 오가며 아름다운 동행을 시작했다. 하지만 그 과정이 모두 아름답고 순탄하기만 한 것은 아니었다. 왜냐하면 영훈고 학생들 중에는 어릴 때부터 부모의 전폭적인 관심과 지원 속에 자기 자신만 알고, 사회적인 관심은 전혀 두지 않은 채 오로지 학업에만 매달려 전교 1, 2등을 다투는 학생도 있었고, 영훈고와 우리 그루터기 장애인여가생활학교와의 프로그램에 자발적 관심보다는 떠밀려 들어온 경우도 있었다. 그런 학생의 경우 진심으로 장애인의 삶을 돌아보고 배려하며 봉사하겠다는 마음 보다는 하나의 자기 경력과 프로그램으로, 형식적으로 몸만 왔다 갔다 하는 경우도 없지 않았다.

한 번은 영훈고 학생들과 해외 봉사를 갔는데 영훈고에서 전교 1등을 도맡아 하는 아이가 정신지체 장애아이와 한 조가 되어 움직이게 되었다. 사건은 당일 숙소에서 일어났다. 영훈고 아이와 짝이 된 장애아이가 그 날 새로운 환경이 낯설기도 하고 음식도 입에 맞지 않아 결국 탈이 났다. 자기 숙소에서 변을 보고 침대와 벽, 온 방안에 똥이 묻은 것이었다.

내가 순찰을 돌다가 그 방에 들어가게 되었는데 방 안이 난리가 난 것을 보았다. 그런데 너무나 놀라웠던 것은 영훈고의 그 아이가 책상에 앉아 책을 보는지 공부를 하고 있는 것이었다. 냄새가 나고 장애아이가 당황하여 혼잣말을 하고 있는, 그토록 혼란스러운 상황에서 책상 앞에 앉아 책을 보려고 한다는 것 자체가 이해하기 힘든 장면이었다. 당황스러웠지만, 그 학생에게도 나름의 사정이 있을 것이라고 생각하고 마음을 진정하고 물어보았다.

"학생, 지금 자네의 방이 이렇게 되었는데 어떻게 가만히 앉아서 공부할 생각을 할 수가 있나? 비록 귀찮고 싫겠지만 장애아이도 돌보아주고 만약 정 힘들다면 누군가에게 도움을 요청해서 문제를 해결해 나갈 생각을 해야 하지 않겠나"

"선생님, 저도 할 말이 없는 것은 아닙니다. 저도 제 시간 들여서 여기까지 온 것이고, 제가 오고 싶어서 온 게 아닙니다. 집에서 가라고, 학교에서 공부 잘하는 애들은 의무적으로 참여해야한다고 보내니까 온 것이지 제가 정말 오고 싶어서 온 건 아닙니다. 만약 저에게 장애아들을 돌보라고 말씀하신다면 저는 지금이라도 집에 돌아가도 상관없습니다."

"학생, 자네의 입장도 이해가 안 되는 것은 아니네. 하지만 어찌 되었든 자네가 선택을 한 것이고 선택을 했다면 당연히 책임이 뒤따르는 것 아니겠는가. 자네와 같은 인재들이 우리 사회의 리더가 될 것인데 책임감을 가지고 뒤처리를 하는 것은 기본적인 태도라고 생각하네. 나와 함께 이 방을 같이 정리하는 게 좋겠네."

학생은 내키지는 않아하는 것 같았지만 나와 함께 방을 정리하기 시작했고 사건은 그렇게 일단락되었다. 나는 이 사례를 겪으며 많은 생각을 하게 되었다. 일찍이 많은 선진국들은 **노블레스 오블리주(noblesse oblige)**라 하여 사회 지도층들이 솔선하여 사회에 대한 책무를 이행하고 모범적인 공익 활동을 하는 경우를 볼 수 있다. 하지만 우리나라에는 그럴듯한 구호만 입으로 부르짖는 지도층, 바르고 정직한 행동을 하는 것이 익숙하지 않는 지도층, 주변 동료친구들에게 고통을 주는 행동을 하면서도 죄의식을 전혀 느끼지 못하는 엘리트들이 우리 사회에 깊은 영향력을 끼치는 것을 자주 보게 된다.

노블레스 오블리주 의식이 긍정적인 에너지와 활력 있는 전통으로 정착이 되어 우리 사회에 면면히 내려왔으면 좋았으련만 보고 배울 수 있는 롤모델도 그 전통도 없는 우리 사회에서는 배금주의(拜金主義)적이고 이기적인 가치관을 지닌 채 자신에게 조금이라도 어려운 일이 주어지면 쉽게 포기하는 심약한 아이들을 많이 보게 된다.

학부모들이 자기 자녀를 공부 이외에는 시키는 일이 없다는 이 야기는 들어왔지만 서울시내 고등학교 2학년을 중심으로 선발된 자타가 공인하는 전교 1, 2등을 다투는 학생회장 및 학생회 임원 등과 함께 하는 장애인 등산 자원봉사 프로그램을 진행하면서도 나는 그러한 사실을 더욱 심각하게 느꼈다. 이렇게 많은 중·고등학교 교육이 일류 대학교에 한 명이라도 더 보내는 것을 최고의 가치로 우선하는 현실에서 청소년들이 성장하고 있음을 볼 때 이 사회와 나라가 심히 걱정이 되지 않을 수 없었다. 만약 이렇게 성장한 청소년들이 사회지도층이 되는 10년, 20년 후에는 이 사회와 나라가 과연 어떻게 될 것인가 나는 걱정하지 않을 수 없었다.

이렇게 자기만 알고 성장한 청소년들에게 어른과 사회가 진심어린, 따끔한 충고 한 마디 해 줄 수 없고, 그 아이들이 다만 한 번 이라도 자기를 반성해 볼 수 있는 기회를 갖지 못한다면 이렇게 성장한 청소년들이 사회지도층이 되는 10년, 20년 후에는 우리 사회가 될지 상상하기가 더욱 어려웠다.

중학교, 고등학교를 오로지 학업 성적으로만 일류 대학을 가고, 그 대학에서도 높은 성적만을 위해 생활한 후에 사회에 진출하였을 때 과연 그 학생은 어려운 이웃과 소외된 약자를 한 번이라도 생각해 볼 수 있을까 의문이 들었다. 그리고 그 학생들이 나라의 지도자가 된다면 과연 사람들을 진정 따뜻한 가슴으로 안아 주고 보살피며, 상처를 감싸주고 우리나라를 이끌어 나갈 지도자가 될 수 있을지 회의적인 생각이 들었다.

청소년이 단지 미숙한 어른이라는 의미로서가 아니라 모든 면을 순수하게 경험하고 받아들일 수 있는 무궁한 성장 가능성으로서의 인격체라고 한다면 중 · 고등학교 시절 어려운 이웃과 약자들을 따뜻한 가슴으로 안아주는 훈련 프로그램은 절실할 것이다.

만약 미래의 지도자가 될 청소년들이 바른 인격 형성 교육의 기회조차 박탈된 상태에서 성장하여 지도층이 되었을 때 권력과 힘의 논리로 약자들을 권위에 순종시키고 다수의 약자들이 필요할 때는 온갖 선을 입으로만 외치는 위선적인 지도자가 되어 이 사회, 국가를 경영하고 이끌어 가는 주류 지도층으로 형성된다면 불행한 사회, 희망 없는 사회가 되는 것은 시간문제가 아닐까. 이렇게 어렵고 힘든 교육현장에서 영훈고등학교는 미완성된 인

중국역사기행

일본역사기행

격체 청소년 에게 소외된 이웃 장애인들을 생각하고 따뜻한 가슴을 갖게 하는 바른 인성교육, 바른 역사의식과 정체성이 분명한 글로벌 리더로 키우기 위한 프로그램을 운영할 결단을 하게 되어 그나마 참으로 다행이라는 생각이 들었다.

자기 방에서 장애아이가 어려움을 겪고 있음에도 자기 공부에 열중하던 그 학생은 후일 들으니 서울대 법대를 지원했다가 탈락 했다는 소식을 들었다. 그래서 나는 더욱 안타까운 마음이 들었다. 그리고 그 학생은 재수를 했는데 어느 날 나를 찾아왔다.

"선생님, 제가 재수를 하면서 그때 일을 생각하니 너무나 잘못 했었고 후회가 됩니다. 제가 왜 그때 그렇게 모자란 생각을 가지고 있었는지 부끄럽습니다. 제가 지금 열심히 공부를 해서 서울 법대에 들어가면 선생님께서 꿈꾸시는 것처럼 우리 사회의 약자들을 도와주고 배려하는 일을 하고 싶습니다."라고 말하는 것이었다. 나는 이렇게 변화된 아이의 모습을 보고 대견하다고 느꼈고 이 아이를 위해서 무엇을 도와줄 수 있을까 고민하다가 비록 도움이 될지 안 될지 모르지만 나의 진심을 담아 추천서를 써 주었다. 고마운 마음으로 추천서를 받고 돌아간 그 아이는 그 해에 결국 서울대에 합격하여 미래의 인재이자 지도자로 성장하고 있다.

여러 가지 우여곡절이 있었지만 그렇게 새롭고 낯선 경험들을 조우하면서 성장해 가는 것이 진정한 교육이라고 믿는다. 장애인과 함께 하는 문화역사기행을 아낌없이 지원해 주신 영훈고등학교 재단이사장님과 교장선생님, 교직원 분들이 아니었다면 이와 같은 기획은 탄생하지 못했을 것이다. 나는 이렇게 좋은 프로그램이 사회에 널리 알려지고 약자들이 행복함을 느끼는 보다 살기 좋고 아름다운 세상을 만드는데 이바지하여, 제2, 제3의 영훈고등학교가 계속 나와 이 사회의 청소년들에게 바른 가치와 인격을 길러주는 교육의 장이 열리기를 간절히 바라며 그렇게 될 때, 10년 · 20년 후 우리 사회는 좋은 사회가 되어 타인을 배려하는 진정한 지도자들이 경영하며 이끌어 가는 사회 국가가 될 것이라고 굳게 믿는다.

내가 바라본 우리나라 특수교육 그리고 사회복지

우리나라의 사회복지는 정부 및 지자체의 지원을 받는 기관과 단체에 물량공세로 과잉지원을 하는 추세로 흘러가면서 사회복지에도 빈부차이가 발생하고 있는 형편이다.

우리가 부러워하고 모델로 삼고 있는 복지의 천국 유럽도 처음부터 오늘날처럼 사회복지와 특수교육이 발전된 것이 아니라 이름 없이 빛도 없이 고난의 시간을 인내하며 수고의 땀과 노력으로 일구어온 사람들과 국민들 한 사람 한 사람이 장애인 노인 청소년 약자들의 문제를 자신의 문제로 느끼고 자원봉사와 후원 기부뿐만이 아니라 월급의 60퍼센트 가까이를 세금으로 내는 국민 의식을 갖기까지는 300년이라는 긴 역사로 만들어진 것이다.

우리나라 사회복지와 특수교육은 급속한 경제발전 성장기에 더불어 발전한지 불과 30년밖에 되지 않았지만 우리사회는 언젠가부터 유럽의 300년 된 수준의 사회복지를 요구하고 있는데 이는 의식과 실제가 균형을 이루지 못한데서 오는 비극이 아닐까 한다. 유럽 사람들은 노약자 문제를 자신의 문제로 생각하고 자원봉사 및 후원 기부뿐만 아니라 젊어서는 자기 임금의 60퍼센트까지 세금을 내고 늙어서 수준 높은 복지혜택을 받겠다는 국민의식으 로 무장되어 있는 반면 우리나라 사람들은 우리 가족 중에 장애인 노인들이 없으면 나와 상관없는 남의 문제로 생각하는 경향이 크고, 설령 복지의 필요성을 느끼고 있다 하더라도 자원봉사 후원기부는 자신보다는 남이 해주기만 바라고 국가 사회복지 예산은 눈먼 돈으로 생각하며 세금이라는 사실을 알지 못하고 내 호주머니 돈이 아니기에 무조건 받아쓰고 보자는 국민의식이 강한 데 이러한 상태가 유지된다면 그리스처럼 국가 지자체 부도가 우리에게도 벌어지지 말라는 법이 어디 있겠는가. 어렵고 힘든 중증 장애인 노약자들의 문제는 아무리 경제적으로 어려워도 나라가 1차적 책임을 지고 복지가 보장 되어야 하지만 기본적인 생활능력 이 있는 노약자들은 스스로 살아 갈 수 있도록 자활 자립 기반을 우선적으로 지역사회가 함께 하여 후원 자원봉사로 운영되는 것이 바람직한 모델일 것이다. 나아가 지역사회 구성원들이 언젠가는 자신의 문제라는 생각을 하여 자기의 시간과 물질을 흔쾌히 나눌 줄 알며 이러한 저변이 확대되어 자원봉사 후원 기부로 운영하는 민간단체가 건전하게 육성되고 많아질 때 지속가능하고 효율적인, 참 사회복지가 실현될 수 있을 것이라고 생각한다.

언론과 일반 국민들의 의식 속에서는 우리나라 복지예산이 풍족하고 넉넉하여 모두가 복지 혜택을 받고 있는 듯한 환상에 빠져 있는 경우도 종종 보인다. 복지에 대한 관심이 증대되면서 국가 세금 자원이 모든 곳에 지원이 되어 소외된 곳이 하나도 없는 것처럼 보이지만 정부도 지자체도 할 수 없는 복지의 사각지대가 분명히 존재한다.

장애인 여가프로그램과 장애인평생복지 프로그램이 복지의 홍수시대에 사각지대가 된 이유는 학령기 젊은 학부모님들이 자기 자녀가 유초등부 중고등부, 전공과정에 다닐 때까지는 학교 교육청에 요구도 많이 하고 의욕도 넘치셨으나 젊은 학부모님들이 나이가 들어가면서 점차 의욕도 꺾이고 노후의 생활 근거도 미약해 지면서 자녀들을 대신하여 목소리를 높이기 어려운 측면이 있다.

하지만 우리 장애인들은 학령기 14년간 교육도 매우 중요하지만 졸업 이후에 정작 자기 삶을 꾸려나가야 할 30년, 40년 역시 소중한 시간임에도 불구하고 인식의 부족과 생존의 압박으로 장애인들의 성인기 이후부터 노년기까지의 요구가 현실적으로 시들해져 국가 지자체의 관심 밖으로 떠돌 수밖에 없었다. 그러다보니 장애인들의 성인기 이후의 삶은 상대적으로 복지의 사각지대가 되어버렸다.

지금 현재 우리 사회가 힘을 집중해야할 곳은 학령기라기보다는 장애인들의 졸업 후인 성인기, 장년기, 노년기임을 인식하고 이에 대해 심각한 고민과 대비책이 마련되지 않으면 우리와 같은 민간단체 그루터기 장애인여가생활학교가 주도적으로 지역사회의 복지를 이끌어 가기는커녕 생존의 기로에서 지치고 쓰러져 아사할 지도 모른다는 위기의식을 느낀다.

나는 32년 특수교육에 매진한 전문가로서 특수학교 교장의 경험도 있고 본격적으로 일을 시작을 하려고 했지만 학부모님들이 나이가 들어 수입도 줄고 생활이 힘들어 장애 자녀문제 보다는 자신의 하루하루 노후 문제도 해결하기가 급급한 처지가 되어 버렸기에 누구를 원망할 처지가 되지 못하여 어떻게 해결책을 풀어나 가야할지 더욱 고민되는 현실이다.

과연 한국 사회복지 제도와 법이 현재와 같이 물량공세로 해결하는 방식이 지속될 수 있을까 질문을 던져보면 부정적인 답변을 하게 된다. 한국 경제가 앞으로 과거처럼 지속적으로 발전을 하고 예전과 같이 고도성장을 일구어 낼 수 없다는 사실과 환경은 대한민국 국민이라는 피부로 느낄 수 있다.

우리의 우방이라고 자처하는 미국 및 주변국 일본도 자국 국민의 이익에만 혈안이 되어 있어 우리나라를 뜯어먹으려고만 하고 중국은 세계 제2위의 경제대국으로 올라서면서도 주변 국가들에게 배타적이고 보호무역 조치를 통해 우리나라에도 경제적인 부담을 지우고 있는 실정이다. 이러한 현실에다 자원이 없는 우리나라는 수출밖에 살 길이 없는데 수출이 그 만큼 어려워지고 있고 생산 가능한 젊은이들의 인구 감소는 세금 감소로 이어지고 있어 더더욱 절망적인 환경으로 치달아 가고 있다.

이런 상황에서 세금 수입 없는 복지정책은 그림의 떡이라고 말하지 않을 수 없다. 물론 아무리 나라가 어려워도 최저생계비로 살아가는 극빈층과 중증 장애인들은 국가가 1차적인 책임을 져야 하지만 그것만으로는 진정한 의미에서 사회 복지가 달성되었다고 보기는 어려우며 지역사회의 취약계층을 돌보아야만 사회 복지의 저변이 넓어지고 진정한 복지로 가는 첩경이 될 것이다. 지역사회의 취약계층은 넓고 광범위하며, 언제 어디에나 있지만 국가적 관심 밖에 있는 경우가 많기 때문에 지역사회 취약 계층의 문제는 지역사회에서 해결해야 된다는 가치를 온 나라와 국민이 공유하지 않으면 잘못된 사회복지 정책을 시행하기 쉽고 나아가 남발된 포퓰리즘 정책으로 인해 그리스처럼 될 가능성을 배제할 수 없다.

지역사회의 인적 물적 자원을 최대한 활용하여 지역사회 구성원들이 공동체 의식을 가지고 함께 해결할 때 큰 비용을 들이지 않고도 지속적이고 효율적이며, 진정한 참 복지가 정착될 수 있지 않을까 국가 예산만 가지고 복지를 할 때는 밑 빠진 독에 물붓기가 아닐까.

우리나라가 경제발전을 하고 고도로 성장하던 1980년대 전까지는 특수교육과 사회복지는 민간주도였다. 1980년대 경제발전 이후 오늘날까지 30여 년 동안 사회복지가 국가 및 지자체 지원 시스템이 되면서 단순히 양에서 보면 물질적으로는 풍요로워졌다고 할 수 있지만 아직 질적으로는 수준 높은 사회복지라고 하기는 어려운 실정이다.

양적 복지가 확대되면서 상대적으로 복지의 사각지대는 더 많아지고 민간주도의 지역사회 사회복지는 위축되는 역설적 현상이 벌어졌고 뜻 있는 비영리 민간단체가 어렵게 복지의 사각지대를 발굴하여 함께 하자고 하면 국가 지자체에서 지원하는데 왜 민간단체에서 하는가라는 의식까지 만연하게 되어 지역사회복지는 점점 고사 직전의 단계로 내몰리고 있다.

지역사회 구성원 모두의 인식이 바뀌지 않고 이처럼 양적 복지, 국가와 지자체에 의존하는 복지에 매달리다가는 개인주의적인 사람들의 생각과 목소리만이 더욱 넘쳐나 지역사회에서 해결해야할 문제들은 방치되고 소외계층들은 더욱 반목하며 정부 및 지자체에만 매달리는 의존적 일방적인 복지요구로 인한 감당하기 힘든 세금과 복지예산으로 국가 및 지방자치단체는 어려운 재정으로 악순환의 연속을 맞이하게 될 것이다.

성인발달장애인의 자립생활은 국가 및 지방자치단체의 예산지원뿐만 아니라 사회복지 종사자, 학부모, 그리고 무엇보다 중요한 삶의 공간에서 함께 살아가는 지역사회 공동체 모든 구성들의 관심과 지지가 반드시 있어야 한다.

내가 설립한 그루터기 장애인여가생활학교는 1990년대 말 실질적으로 우리나라 복지가 시작되는 시점부터 오늘날까지 20년 가까이 운영해 왔지만 정부 지자체 지원으로 운영 된 것이 아니라 순수 비영리 민간단체 지역사회 자원봉사자 및 지역사회 구성원들의 십시일반 후원과 교직생활 30년 근검절약하여 마련한 아파트 한 채를 처분하고 나머지는 융자로 그루터기 복지관을 건축하여 어려운 가운데도 희망을 가지고 힘들게 운영해 온 개인의 희생에 빚지고 있음을 잊을 수 없다. 어려운 가운데서도 나는 지역사회와 함께 하는 우리나라 새로운 복지 모델을 만들어 보겠다는 꿈과 비전하나로 오늘까지 왔다. 이 꿈과 비전이 빛을 잃지 않고 더욱 힘을 내어 목표를 이룰 수 있도록 온 나라와 국민들의 의식이 성장하고 개선되기를 간절히 바란다.

그렇게 될 때만이 세계 속에 대한민국으로서 진정한 복지 국가라고 자부심을 갖지 않을까 생각한다.

7장

특수학교 공모 교장 도전

"1980년대 황무지 특수교육, 2010년대 전문 경영자로."

내 인생에 꽃피고 열매 맺는 삶

나는 2012년 12월, '직업교육 중점 특성화 특수학교 육성'이란 학교운영 계획으로 야심차게 부천혜림학교 교장 공모에 도전하여 치열한 경쟁을 뚫고 합격하게 되었고 부천혜림학교 11대 교장으로 취임했다. 부천혜림학교는 내 인생에서도 정말 뜻 깊은 곳이었는데 내가 초임 교사로 발령 받은 장봉분교의 본교인 곳이었다. 내가 평교사로서 첫 사회생활을 시작하기도 한 곳인데 내가 바로 이곳의 교장으로 오게 된 것 이었다. 그래서 더욱 나는 혜림학교를 발전시켜야겠다는 사명감과 애정이 무척이나 컸다.

당시 부천혜림학교는 초등부 학생감소 문제가 가장 큰 고민거리였는데, 그 해결방법으로 부천혜림학교 중, 고, 전공과를 현행 법규 내에서 중학부 1학년부터 전공과까지 직업교육 연계교육과정을 단계별로 조직하고, 학교를 직업교육 특성화 특수학교로 전환하여 초등부의 학급이 감소되는 만큼

집무실

통합교육

교장 취임식

중. 고 전공과 학급을 증설하는 계획이었다. 이로 인해, 부천혜림학교는 직업교육과정 중점전문 특수학교로 자리매김하여 특수교육을 선도해 나가는 학교로서 성공하는 기반을 닦았다.

나는 부천혜림학교를 직업교육 특성화 특수학교로 육성하기 위해서 2013년에 학교장으로 부임함과 동시에, 학교기업을 설립 했다. 그리고 경기도교육청 학교기업으로 지정을 받아 소독 영업 허가를 받고, 경기도 일원학교 소독사업으로 전공과 학생 실습과 동 업종 취업 기회를 제공했다. 이를 통해 2013년과 2014년 2년 동안에 열심히 노력하여 더 큰 발전을 위한 종자돈을 만들 수 있었다.

2015년도에는 전 교사 직업교육을 시행했으며 직업교육의 이해도와 학교기업의 이해도를 높이기 위해 전 교사를 대상으로 혜림학교 사업 아이디어 공모를 열었는데 그 중 하나로 결정된 것이 커피 로스팅 사업이었다. 커피 로스팅 사업은 부가가치성이 높고 장애인들의 다양한 일자리를 창출할 수 있다고 보았다. 내가 교직원 회의에서 처음 이 기획안을 이야기했을 때에는 반대하는 교사도 많았다. 그런 것은 할 수 없을 것이라고 했다. 하지만 내 계획을 공감하고 지지해 주는 교사가 있었기에 그 사업을 시작할 수 있었다. 먼저 우리는 혜림 커피라는 브랜드를 만들기 전에 제대로 된 맛을 지닌

커피 원두를 생산할 수 있어야 했다.

처음 몇 달간의 실패의 연속이었다. 실습 과정에서 실패한 많은 량의 원두는 최저 가격으로 싸게 판매도 할 수 있지만 장애인 시설에서 장애인들이 로스팅을 했기에 품질이 떨어진다는 이야기를 듣지 않기 위해 질 높고 품질 좋은 커피가 나올 때까지 한 톨도 남김없이 땅에 묻었다. 그렇게 원두를 땅에 묻는 모습을 볼 때에는 가슴에 피멍이 드는 느낌이었다. 그 원두를 어떻게 구입한 것인데… 우리 학생들이 피와 땀을 흘려 소독 사업으로 벌어들인 돈이었기에 더더욱 가슴이 아팠다. 하지만 도전 없이 성공이 있을 수 없었다. 우리는 매일 커피 전문가에게서 원두 맛에 대한 평가를 받았는데, 그렇게 실패를 거듭하던 어느 날, 드디어 시중 카페보다 원두 맛이 매우 좋다고 평을 받았다. 그 날은 얼마나 기뻤는지 모른다.

프랑스 교장연수

경기도 교장단 방문

부천 각 시내에 샘플로도 뿌리고 홍보 노력을 지속한 결과 혜림커피를 찾는 업체는 늘어만 갔고 결국 혜림커피라는 브랜드도 성공적으로 시장에 정착할 수 있었다. 이어서 우리는 구체적으로 로고를 상표 등록하였으며, 쇼핑몰 개설, 통신판매망 구축, 바리스타 교육원 영업마케팅을 시행했다. 또한 지역주민 및 경기도 소재의 각 학교 선생님들을 대상으로 무료 바리스

영국 교장연수

타 교육을 함으로써 잠재적인 고객확보에도 소홀히 하지 않았다.

장애인이 만든 상품의 품질이 떨어진다는 인식을 받지 않기 위해서 매일 아침 로스팅을 하여 상품으로 나가기 전에 유한대학 커피전공 교수님께 의뢰하여 품질을 인정받은 제품만 판매하였으며 꾸준히 혜림커피에 대한 인지도를 높여 초기 연매출 7천만 원을 달성하는 기염을 토하기도 했다. 그 모든 성공은 나 혼자만이 이루어 낸 것이 아니었다. 이 사업에 공감해주고 함께 해준 많은 선생님들과 무엇보다 열심히 노력해준 학생들 덕분에 가능한 일들이었다.

직업 중점 특성화 특수학교 교육과정 운영

나는 부천혜림학교의 영광스런 자리인 교장으로 부임하면서 긍정적인 힘을 믿고 최선을 다하는 사람에게는 자율성을 최대한 존중하여 스스로 결정한 일을 스스로 책임질 수 있게 하려고 하였고, 학생들은 개인의 능력차와 특성을 고려한 실용적인 교육을 받음으로써 학생이 진정한 변화를 경험할 수 있도록 해 주고 싶었다. 또한 학부모의 입장에서는 자녀가 즐겁고 행복한 학교생활을 함으로써 장애 자녀로부터 생긴 상처가 조금이나마 치유받을 수 있도록 학교가 노력하고 보듬어 주기를 바랐다.

우리가 소통과 배려를 통하여 결속력이 강화되면 모두가 즐겁고 행복할 수 있도록 더 잘 노력할 수 있고 나아가 지역사회가 필요한 일들을 학교구성원들이 먼저 생각하고 손을 내밀며 함께 공존하면 우리 부천혜림학교의 위상과 가치도 자연히 높아질 것이라고 믿었다.

이러한 나의 교육철학을 달성하면서 우리 부천 혜림학교가 사립 특수학교라는 특성과 장점을 극대화시키면서 실용적인 직업 중점화 학교로 인식되려면 초등, 중등, 고등, 전공과 교육과정을 종적, 횡적으로 연결하여 운영하는 것이 필요하다고 생각되었다.

그리하여 구체적인 운영중점 추진방침을 세웠다. 우선 학교 차원에서는 매달 교육계획 추진 결과 평가를 통해서 예산의 효율화, 집중화를 꾀하고자 했고 특색있는 부서, 특색있는 과정을 운영할 수 있게 하였다.

학생 차원에서는 건강한 몸과 마음으로 기본생활습관이 바르게 되도록 하였고 학부모는 학교 교육활동에 대한 관심과 참여로 학교발전에 기여하며 감사하는 마음을 갖게 하고자 했다.

교사 차원에서는 자기 개발을 통해서 전문성을 키워 즐겁게 가르치는 교사, 소통과 배려 따뜻한 인간애로 공동체를 먼저 생각하는 교사, 주어진 환경에 감사하고 맡은 역할에 충실하는 교사가 인정받을 수 있게 하였다.

이렇게 정하자 과정별로 특색 있는 교육과정을 어떻게 운영을 할까 고민이 되었는데 우선 초등학교는 자기결정능력 증진을 위한 활동 프로그램을 적용하자는데 방향이 집중되었다.

구체적으로는 자기결정기술의 하위 기술 9가지 영역인 자기 인식능력, 자기관리기술, 선택기술, 자기옹호기술, 지원망 구성기술, 지역사회활용기

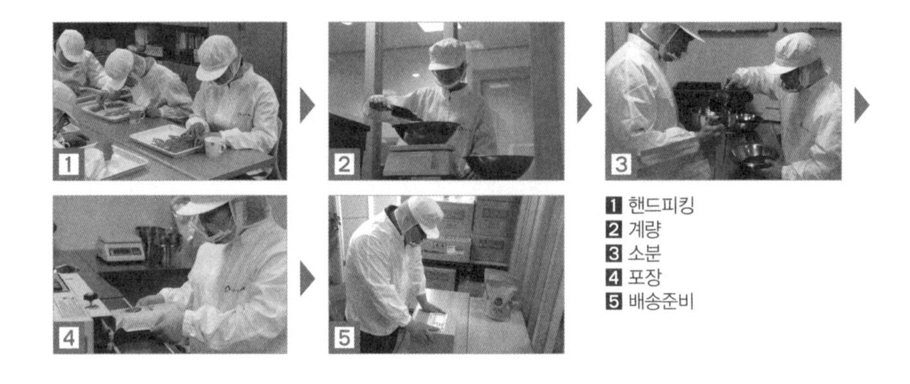

1 핸드피킹
2 계량
3 소분
4 포장
5 배송준비

술, 사회성기술, 협력기술, 스트레스 해소 기술을 모두 포함하는 활동 프로그램을 구성하고 이를 특수학교 교육 과정 및 교과와 연계된 자기결정기술 활동 프로그램을 적용하도록 하였고 부가적으로 주 1회 연구 모임 시간을 마련하여 과정에 대한 협의를 진행해 나가고자 했다.

중학교의 특색 교육 과정으로는 '도심속 둘레길 걷기(희망트레킹)'가 제안되었다. 이를 통해 장애학생들이 실질적으로 많이 접할 수 있는 지역사회시설(공원, 산책로, 도로 및 인도, 신호등, 체육문화시설 등)을 활용하여 심신을 단련하고 능동적인 삶의 자세를 함양하여 외부에서 누릴 수 있는 여가활동의 범위를 늘리는 기대효과를 얻을 수 있었다.

고등학교의 특색 교육 과정으로는 '내 꿈을 찾아 떠나는 진로탐색 여행'이 채택되어 추진되었다. 우리 학생들이 이 시기에 이르면 다양한 직업적 체험활동을 통하여 자신의 적성과 능력에 맞는 직업을 찾을 수 있는 기회를 갖는 것이 매우 중요했다. 그리하여 우리 학생들이 학급 단위로 나누어 단순방문이 아닌 실제 작업 경험을 할 수 있도록 3월에는 한국 잡월드, 4월에는 서울시 영등포구에 위치한 하자센터, 5월에는 우리자리 등 다음 해 2월까지 매번 탐방해야할 프로그램 내용을 구성하였다. 이러한 활동을 통하여 우리 아이들이 고등학교 졸업 후에 하고 싶은 일과 잘할 수 있는 일을 찾아 우리 사회의 당당한 구성원으로서 참여할 수 있도록 했다.

전공과의 특색 교육 과정으로는 '기업형 교육과정운영'을 모토로 정했다. 전공과 재학생 증원과 함께 학교기업의 실습량이 증폭되면서 전반적인 구조 조정이 필요했고 무엇보다 효율적인 현장실습을 위한 운영방안 수립이 절실한 상황이었다. 그래서 나는 전공과를 학교기업과 연계하여 탄력적으로 운영하며 전공과 교육내용을 학교기업 현장에 적용할 수 있도록 학생들의 적성과 능력에 맞는 작업방법을 재구성했다. 이러한 전공과의 교육 과정 개편을 통하여 학생들은 자기의 직무를 미리 체험해 봄으로써 자기의 직업능력과 직업적성을 파악할 수 있었으며 현장실습과 평가연계 등을 통해 자기의 실무 능력을 보다 객관적으로 인지할 수 있는 기회도 얻을 수 있었다.

나는 이처럼 부천혜림학교의 교육과정을 실생활 경험 중심에 입각한 직업교육으로 종적, 횡적 연계 교육과정을 편성했다. 초 · 중 · 고등부 교육과정을 각 과정의 수준 특성에 맞게 직업교육을 위한 내용으로 재구성하였고 횡적으로 연계된 교육과정을 운영하면서 동시에 초, 중, 고등과정을 종적으로 연결한 교육과정을 운영했다. 또한 이러한 실생활 경험중심의 연계 교육과정이 성공하기 위해서 초등 교사와 중고등부 교사의 순환배치. 과정 간 교사들의 교육과정 연구회를 구성하여 서로 배우고 토론하며 협력적으로 꾸려갈 수 있게끔 체계를 구축했다.

물론 이 과정이 순조로웠던 것만은 아니다. 기존에 있던 것들을 개선하고 고칠 때에는 많으나 적으나 진통이 있을 수밖에 없다. 새로 바뀐 교장에 의해 교육과정에 변동이 생기자 몇몇 선생님들은 이에 대해 반대 의견을 개진하기도 했다.

하지만 온고지신(溫故知新)이라는 말도 있듯이 과거에 해오던 것만 답습

해피 혜림커피 카페창업 일일행사(지역신문 기사)

▲ (사진=안희영 기자)

▲ (사진=안희영 기자)

(서울=국제뉴스) 안희영 기자 = 14일 사회복지법인 백십자사 부천혜림학교는 부천 올웨이즈 디 까페에서 중도, 중복장애학생들과 지역사회 및 유관기관과 연계한 전환지원프로그램으로 'HAPPY! 혜림커피 카페 창업 행사'를 개최했다고 밝혔다. 부천혜림학교 한 관계자는 금번 창업행사가 부천혜림학교의 전환지원프로그램으로 장애학생들에게 취업 및 창업의 기회를 증진하고자 하는데 목적을 두고 있다고 전했다. 한편 창업행사를 통해 학교와 학부모, 지역사회 및 유관기관이 함께하여 정보를 공유, 협력을 통해 장애학생들의 학교 교육에서 취업으로 연계될 수 있도록 교육적 기반을 마련하고자 한다고 밝혔다.

본 행사는 고등학교 과정의 장애 학생들이 학부모, 졸업생, 지역사회 구성원과 함께 대인서비스업체(카페)를 실제로 운영하여 봄으로써 졸업 후 진로에 대해 다양한 방안을 모색하기 위하여 기획되었다. 까페창업 현장실습은 한국외식 · 음료 개발원, 부천혜림직업시설, 부천혜림학교 학부모회, 부천혜림학교 학교기업, 진로직업특수교육지원센터(부천상록학교)와 연계되어 부천혜림학교에서 주관하여 실시되었다. 부천혜림학교 변상오 교장은 금번 행사를 통해 장애학생들이 자신의 흥미와 적성을 발견하고 직업인으로서 능력을 기를 수 있는 좋은 기회가 되기를 바란다고 전했다. 변상오 교장은 학부모 및 지역사회와의 교류를 통해 졸업 후 진로에 대한 다양한 방안이 모색될 수 있을 것이라는 기대를 한다고 말했다. 이 행사에 참여한 학부모회장(이혜주)은 우리 학생들이 열심히 참여하는 모습과 새로운 도전에 박수를 보내며, 이런 좋은 기회를 마련해 준 부천혜림학교에 감사한다고 말했다.

해서는 발전이 있을 수 없기에 나는 교육 과정 개선의 필요성을 설명하면서 그런 분들을 한 분씩 설득하여 나갔다. 개편된 교육 과정이 바로 눈에 띄는 효과로 측정되는 것은 어려웠지만 그래도 학생과 학부모, 교사, 학교 구성원 모두가 합심하여 나의 취지에 공감하고 따라와 주었고 학교는 점진적 발전을 이룰 수 있었다.

학교기업

전공과 입학식

학생, 학부모, 교사들을 위한 학교 운영

나는 부천혜림학교의 교장으로 부임하면서 내가 꿈꾸어야 할 학교의 모습은 무엇일까에 대해서 곰곰이 생각해 보았다. 그것은 나 혼자만의 생각, 나 혼자만의 노력으로는 결코 도달할 수도 없고 이룰 수도 없는 것이 분명했다.

학교의 주인은 학생이었고, 교사였고, 학부모였기에 내가 할 수 있는 것은 그 곁에서 도움을 주고 옳은 방향 감각을 잃지 않고 조언하고 이끌어 주는 것이 최선이라고 생각되었다. 그래서 나는 교사들이 먼저 스스로 내가 학교의 주인이라는 의식을 가질 수 있기를 바랐고, 학부모와 학생이 부천이라는 지역에 위치한 학교가 아니라 내 학교이자 우리 학교라는 의식을 갖기를 바랬다. 그렇게 너와 나 할 것없이 모두 우리 학교에 대한 주인의식을 가질 때 물방울이 모여 커다란 강을 이루듯이 도도하게 우리가 원하는 길로, 더 드넓은 사회라는 바다로 흘러들어갈 수 있다고 믿었다.

많은 조직에서 현실에 안주하려는 사람은 대부분 있다. 현실에 정착하려는 인간의 심경 그 자체가 나쁜 것은 아니다. 하지만 사람은 끊임없이 자기반성을 하고 발전과 성숙을 향해 나아가지 않은 고인 물처럼 되고 만다. 사람이라면 죽을 때까지 배우고 익히라는 공자님의 말씀이 있는 것처럼 사람이 현실에 안주하려고만 하면 반드시 위기가 찾아오게 마련이다.

학교장으로 새로운 변화를 시도하려고 할 때마다 반대 의견들이 없었던 것은 아니었다. 하지만 그 변화를 감내하지 않으면 현재 의 상황은 더욱 큰 위기에 처할지도 모른다는 사실은 내게 명확히 보였다. 그래서 쓴 소리, 싫은 소리를 감수하고 결단을 내려야하는 순간에 나는 용기를 냈고 학교구성원들을 설득시켰다. 어르고 달래며 설득시키는 것만이 능사가 아니었기에 나는 학교구성원들 각각이 더욱 행복해지는 길은 무엇일까 고민에 고민을 거듭하였다. 그리하여 나는 우리 학교가 발전하면서 구성원들이 행복해지는 다 양한 길들을 시도해 보았다.

나는 우리 학교를 학생들이 가고 싶은 학교로 만들고 싶었다. 나는 우리 학교를 재미있는 학교, 즐거운 학교로 만들기 위해서 학생 눈높이에 맞는 체험중심 수업을 강조하였고 예체능 교과에는 전공 교사를 전담 배치하여 학생들이 보다 전문적이고 심화된 수업을 들을 수 있도록 하였다. 이렇게 함으로써 학생들의 수업이 노래 소리가 나는 수업, 신나게 뛰고 달리는 수업이 되어 보다 행복 해 하는 학생들의 얼굴 모습을 볼 수 있었다.

그리고 학생들의 적성과 흥미를 존중하는 방과 후 활동을 도입하고 학생들의 자립의지를 길러주고 직업적 기능을 향상시켜 주기 위해서 초, 중, 고등학교의 모든 교과수업을 직업적 기초로 연계된 교육과정을 구성하였다.

부모님과 함께 가을여행(청남대)

어버이날

부활절 기념

개교기념

전통예절교육

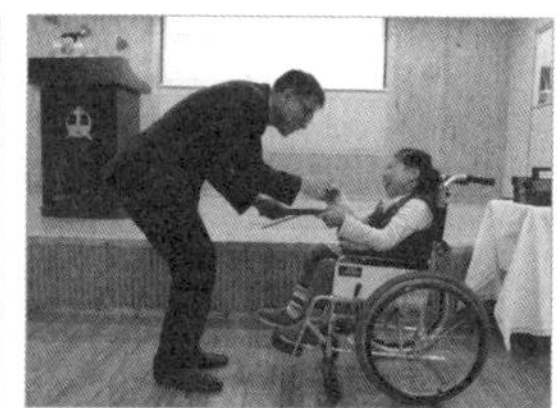

2014학년도 어린이날행사

2014학년도 풋살대회

학생회장선거

교내에서 아이들과

수련회

시상식

입학식

전교생캠프

현장체험학습

이를 위해 직업 관련 기관에 체험 현장학습을 통한 직업적 생활 태도를 기를 수 있도록 하였다. 또한 학생들이 독립된 사회생활을 하려면 모든 사람이 비교우위의 관점에서 다른 사람보다, 또는 다른 사람만큼 할 수 있는 1기능을 습득할 수 있도록 배려하였다.

나는 부모님이 자기 자녀를 보내고 싶은 학교, 편안한 마음으로 안심하고 보낼 수 있는 학교로 만들기 위해 노력하였다. 우선 부모님과 학교가, 부모님과 교사가 시간과 공간의 제약 없이 자유롭게 소통하게 하기 위해서 사이버 교육상담창구를 개설하여 좋은 반응을 얻었다. 그리고 학부모님의 수업에 대한 관심과 참여를 진작시키기 위해 학내 공개수업을 확대하였고 학부모님들의 학교 행사 참여를 확대하였다. 또한 자녀 진로 문제로 고민하시는 학부모님들을 위하여 자녀 진로 및 직업교육 전문가 초청 연수를 확대하여 필요한 정보를 제때에 얻으실 수 있도록 도움을 드리고자 했다.

이 과정 속에서 교사가 즐겁지 않으면 안 되는 일이었다. 나는 교사들이 자부심과 긍지로 정성껏 사랑으로 학생들을 가르칠 수 있도록 업무를 간소화하고 각 교사들에게 공평한 기회를 제공하여 자기의 재능과 능력을 펼칠 수 있게 했다. 또한 무엇보다 각 교사가 가진 재능과 적성에 맞게 적재적소에 배치하여 스트레스를 덜 받으면서 즐겁게 업무에 집중할 수 있도록 환경 조성에도 소홀히 하지 않았다.

이 모든 일을 이루려면 건강이 뒷받침되어야 했다. 나는 교사들 이 건강을 유지할 수 있도록 교사들의 의견을 청취하여 주 1회 운동 기회를 제공하였고, 스트레스 해소 및 자기 재충전을 시간을 가질 수 있도록 파격적으로 월 1회 조기퇴근제를 실시하여 1인 1교사가 자기만의 전문성을 스스로 개발할 수 있도록 유도했다. '섬김을 위한 만남'도 빼놓을 수 없었다. 월 1회 정기적으로 교사들이 모여 우리가 어떤 부분에서 잘했고 어떤 부분을 더 잘할 수 있는지 허심탄회하게 토론할 수 있는 자리를 마련하여 서로의 마음을 나눌 수 있게 했다. 또한 교과 간 만남을 진작하고 통합적인 배움을 이루어 나갈 수 있도록 교사간 협력수업 강화도 추진하여 좋은 반응을 얻을 수 있었다.

교사들과 소통, 배려, 치유하는 교장

학교 특수교육 일선 현장에서 교육하며 우리 장애학생들 때문에 말할 수 없는 고통과 어려움을 이겨내며 남다른 사명감으로 장애학생들을 가르치며 힘든 순간 마다 위로 받지 못하고 정작 자신을 돌볼 마음과 시간을 갖지 못하여 힘들어 하는 교사들을 볼 때마다 학교장인 나는 그 분들을 위하여 조금이라도 힘이 되고 위로를 해 줄 수 있는 일이 없을까 생각하다가 퇴근길 집에 가면서 하루 힘들었던 기억을 잠시 잊어버리고 새로운 힘을 받을 수 있는 글을 카톡으로 보냈다. 교사들은 자기 혼자만이 힘들어하는 것

2014학년도 교직원 배구

교직원 간담

교직원 캠프

법인체육대회(사패산)

장봉 직원연수

연구수업 마치고

이 아니라 곁에서 누군가 관심을 갖고 힘이 되어 주려한다는 사실에 감동을 받고 고마워하였다. 배려와 소통 그리고 치유의 글 몇 편을 소개하고자 한다.

1) 부천혜림학교 선생님들께 1

부천혜림 선생님들 힘내세요. 당신들은 귀한 존재입니다.
당신도 누군가에게 힘이 되어 주는 사람입니다.
힘들어 하지 마세요. 좌절하지 마세요. 두려워하지 마세요.
당신 때문에 행복해 하는 사람이 있습니다.
당신 때문에 살맛난다고 하는 사람도 있습니다.
당신이 있어 위안이 되고 감사해 하는 사람도 있습니다.
당신은 귀한 존재입니다.

나 또한 당신과 부천혜림학교가 없었다면 무슨 상관이겠습니까?
그러나 당신 때문에 때로는 웃음 찾고 행복해 하고
당신이 주는 그리움으로 살아가는 사람도 있습니다.
사랑이 아니라면 당신에 대한 믿음이 아니라면
이 모든 것을 나 역시 느끼지 못했을 것입니다.

당신도 누구 때문에 위안을 받기도 하고 감사해 하겠지만
당신 때문에 그 모든 것을 받아들이는
사람도 있다는 것을 잊지 마세요.

오늘 하루도 당신 거예요! 귀한 오늘 하루를 주변 동료
혜림학교 모든 가족들이 아파하는 자 없이 행복 했으면
하는 간절한 마음이 학교장인 제 마음입니다.

제가 무슨 욕심 부리겠습니까.
제가 처음 교직을 시작 했던 혜림학교에서
여러분들과 더불어 여러분들이 행복하고 즐거워
우리 장애학생들이 행복하고 즐거운 삶이되어지는데
만들어지는데 작은 디딤돌 역할을 하고
이곳 혜림학교에서 교직을 마무리할 수 있기만을 간절히 바랍니다.

2) 부천혜림학교 선생님들께 2

사랑이 담겨 있는 말 한 마디가 축복을 준다고 합니다.
나의 말과 행동은 부천혜림학교에서
어떤 영향을 미치고 있을까요?

서로가 서로에게 따뜻한 말 한 마디로서
즐거움과 행복을 나누는 직장생활
희망을 함께 나누는 하루였으면 참 좋겠습니다.

수영할 줄 모른 사람은
수영장을 바꾼다고 해결되는 것이 아니고,

일이 싫은 사람은 직장을 바꿔도 해결되지 않으며,
모든 문제의 근원은 내 자신입니다.
내가 변하지 않고서는 아무 것도 변하는 것이 없습니다.

나의 인생은 내가 만드는 것입니다.
내가 빛이 나면 내 인생은 화려해 지고,
내가 사랑을 하면 내 인생은 행복이 넘치며,
내가 유쾌하면 내 인생에는 웃음꽃이 필 것입니다.

매일 똑같이 원망하고, 시기하고, 미워하면
나의 인생 부천혜림학교가 지옥이 될 것입니다.
내 마음이 있는 곳에 나의 인생이 있고 나의 행복이 있습니다.
화를 내도 하루, 웃어도 하루,
어차피 주어진 시간은 똑같은 하루,
불평 대신에 감사를,
부정 대신에 긍정을,
절망 대신에 희망을 갖고 부천혜림학교에서 살면 좋겠습니다.
저도 학교장으로서 부족하고 연약하여
실족하는 하루하루 순간순간 많이 있습니다.

저도 인간이기에 위로 받고 싶은 마음 순간이 있습니다.
그렇지만 제 기분만 챙기고 한가하게 있기에는
여러 선생님들의 아픔 고통 어려움이 먼저 들어오고 보이기에
조금이라도 힘이 되는 학교장이 되려고 노력하고 있습니다.

선생님들 오늘도 힘든 일 어려운 일
끊임없이 생기고 일어날지라도 우리 함께 서로가 서로에게
힘과 용기를 주며 앞으로 나갑시다.

3) 부천혜림학교 선생님들께 3

늘 깨어 기도하며 자신을 갈고 닦아
순간순간 어떤 상황에서든지
정도를 지켜 간다는 것은 쉬운 일이 아니지만
진정으로 몸과 마음을 건강하게
살아가게 하는 비결이 아닐까 생각합니다.

힘들고 어렵다다고 정도의 삶을 살지 못하면
몸과 마음이 점차 자신도 모르는 사이 조금씩 병들어
후회하게 되는 것이 우리들의 보통 삶인 것 같습니다

부천혜림학교 선생님들도 한번쯤
생각할 수 있는 기회가 되었으면 좋겠습니다.
오늘도 자신의 영향력이 미치고 있는 주변과 더불어
내 몸이 병들고 있지 않는지 살피며 조금은 여유로운 마음으로
풍요로운 하루가 되었으면 좋겠습니다.

4) 절망 저편에 희망이 숨어 있다

내리막길이 있으면 오르막길이 있고,
썰물이 있으면 반드시 밀물의 때가 온다.
밤이 있으면 낮이 있고
먹구름 낀 날이 있으면 맑은 날이 있다
썰물같이 황량하다해도 낙심하지 말라.
곧 밀물 때가 오리라.

지금 오르막길이라고 절망하지 말라.
오르막 끝에 내리막길이 시작 된다
암흑이라고 포기하지 말라.
밤이 깊으면 곧 동이 틀 것이니

희망의 끈을 놓지 마라.
절망 저편에 희망이 감추어져 있다.
세상에서 가장 빛나고 중요한 일들은 대개 절망으로 덮여
가망이 없는 것처럼 보이지만,
끝까지 노력하는 사람들에 의해 빛나는 일들이 이루어집니다.

절망의 끝은 또 다른 절망으로 생각되지만
희망이 숨어서 주인이 찾아오기만을 기다리고 있습니다.
강추위만 있을 것 같지만 강추위 끝자락에는 따뜻한 봄날이 오듯이
우리들의 삶속에서 캄캄한 밤만 있는 것 같지만

긴긴밤 지나면 밝은 새벽이 찾아오듯이
어렵고 힘든 일들이 연속될 때 절망이 엄습해 오지만
절망을 잘 견디어 내면 절망이 희망의 파워 에너지로 변화하여
어지간한 어려움도 잘 이겨내는 면역력이 키워져
의연하게 여유로운 마음으로 살 수 있지 않을까 생각됩니다.

5) 우리는 함께 탑승한 공동체

혜림호에 함께 탑승한 부천혜림학교 공동체 여러분! 예측할 수 없는 거친 파도와 풍랑이 몰려올지라도 서로 믿고 의지하며 멋진 여행을 함께 하지 않으시는지요?
지금 우리들 앞에 주어진 현실이 고통스럽고 헤쳐 나가기 어려울지라도 우리가 한마음 한뜻으로 함께 이겨나가고자 하는 의지와 신념이 있다면 어떠한 풍랑도 기꺼이 이겨내고 목적지에 무사히 도착할 것을 저는 확신합니다.
살아온 길지 않은 삶 속에서 어려움들을 이겨낸 에너지는 세상 사람들과 소통하며 마음의 정을 나누는 것이었습니다. 누구에게든 말을 할 때는 조심스럽게 듣는 자의 마음을 헤아려 주려 했고, 혹 말실수를 하면 내 자신이 더 고통스러워 밤을 세워가며 생각하여 같은 실수를 반복하지 않으려 노력하였습니다.
내가 살아온 방법을 누구에게 옳다고 강요하고 싶지 않습니다. 분명한 것은 힘 있는 자이건 힘이 없는 자이건 평등한 대우를 받아야 한다는 것입니다. 성공하는 방법들이야 많고 다양하지만 나는 내 방식대로 사는

것이 마음 편안하니 그렇게 살렵니다. 특별히 가진 것, 배운 것 없어 별볼일 없어도 성실하게 땀 흘리며 묵묵히 지내오며 힘든 날도 있었지만 후회하지 않기에 오늘도 내일도 그리고 모레도 세끼니 구걸하지 않으니 지금처럼 내 멋에 살렵니다.

진정으로 구성원들과 허심탄회한 소통을 하여 상처받는 이 없는 공동체가 된다면 권위가 없다고 해도 연연하지 않으렵니다. 이런 것들이 문제가 된다면 언제든지 그만 두고 떠날 준비가 되어 있습니다. 서로가 이해하고 배려하는 마음으로 문제를 하나하나 풀어가다 보면 행복감도 느끼고 궁극적으로 혜림공동체 모두가 행복 하고 즐거워 질 것입니다. 선생님들에는 근무하고 싶은 학교, 학생들에게는 오고 싶은 학교, 부모님들에게는 보내고 싶은 학교가 되지 않을까 생각합니다. 여행과 청춘은 순간순간 고생이 되고 힘들지만 지나고 나면 아름다운 추억이 된다고 합니다. 혜림호에 탑승한 구성원 모두가 행복 했으면 합니다.

6) 학교장은 선생님들의 후원자

우리 서로 겉모습만 보려고 노력하지 말고 진실과 성실성 보려고 노력하며 우리 인생에 아름답고 멋진 드라마를 만들어 갑시다. 그래서 또 다른 매듭이 시작되는 날(헤어짐) 서로 서로에게 감사하는 관계로 만들어 가기를 원합니다. 우리에 인생 삶에 각본 없는 드라마를 멋지게 연출하자는 것입니다.

우리 특수학교 교사들은 멋진 주인공을 내세워 호화로운 드라마를 만들기 위해 모인사람들이 아닙니다. 부족하고 연약하고 아픔이 있는 주인공으로 초라한 드라마이지만 감동을 주고 행복을 주는 여운을 남기는 드라마를 만들어 가는 사람들이 특수학교 교사입니다. 우리가 우리 생활 속에서 수많은 드라마와 영화를 보아 왔지만 우리들 마음속에서 잔잔한 감동과 두고두고 기억되는 영화, 드라마는 어디가 부족하고 연약하여 보잘 것 없는 초라한 배역들이지만 외인구단, 바보같이 당하면서도 넘어지고 깨어져 흠집이 많지만 진실, 성실한 노력으로 일관되게 밀고 나가는 과정 속에서 작은 감동이 불러일으키고 크게 성공하지는 못하지만 작은 목표를 이루어 내는 드라마가 아닐까 생각합니다. 우리가 가르치고 지도하는 대상 우리 장애 학생들을 세상에서 볼 때 초라하게, 별 볼 일 없이 볼지라도 우리들 특수학교 교사들은 이런 배역들을 주인공으로 캐스팅하며 성실한 마음으로 인내를 가지고 꾸준히 드라마를 만들어 가는 드라마 감독이 되어야 합니다. 어쩜 드라마를 만들어 가는 감독은 그 작품이 흔적도 없이 사라지고 누구 하나 알아주지 않더라도 연연하지 말고 성실한 마음으로 과정을 충실히 하며 만들어 놓은 작품이라면 모든 평가는 관객에게 맡겨야 합니다.

술을 많이 먹고 사우나에서 흘리는 땀은 고린내가 나지만 운동선수 땀, 여름날 농부의 땀, 특수학교 교사가 우리 아이들과 울며 부디기며 흘리는 땀은 향기로운 땀일 것 입니다. 그로 우리아이들과 더불어 인내를 가지고 만들어지는 작품은 언젠가 누군가는 인정해주는 멋진 작품이 될 것입니다. 저는 여러 선생님들이 우리 장애 아이들과 멋진 명작을 만들어 갈 수 있는 후원자가 되겠습니다.

7) 경험은 좋은 선생님

세상에는 제아무리 능력이 뛰어나도 경험과 훈련 없이는 다가 설 수 없는 일도 있답니다. 우리는 도전을 통해서 끊임없이 새로운 경험을 쌓고 발전을 합니다. 힘든 경험을 통해서 꿈과 비전을 향해서 앞으로 한 발짝 한 발짝씩 다가설 수 있는 것입니다.
또 같은 경험이라도 어떤 이는 좌절, 절망으로 뒷걸음치는 이도 있습니다. 또 어떤 이는 정면승부로 어려운 고난을 극복하고 목표를 달성합니다. 시작점에서 긍정적 생각과 부정적 생각의 차일 뿐입니다. 자신이 감당해야 할 좌절, 고난이라면 의연하게 긍정적으로 생각하면 좋은 일들이 생길 것입니다.
우리들의 삶은 절대 불행, 절대 행복만이 지속 되지 않고 순환이 되고 있기 때문입니다. 어둠의 터널을 벗어나면 광명이고 나쁜 일 다음 순서는 좋은 일이니까요. 의연하게 긍정적으로 살아본 경험 있는 사람들만이 터득하는 삶의 지혜이자 혜택입니다.

8) 부조화 속에 조화로운 삶

우리가 사는 세상에는 필요하지 않은 것이 하나도 없습니다. 필요악이란 말이 있듯이 악이 있어야 선이 돋보입니다. 함께 울며, 부대끼며, 함께 더불어 살아야 그런 사람이 동료 선후배가 됩니다.
들쑥날쑥한 돌멩이가 있기 때문에 시냇물이 아름다운 소리를 내듯이 우리가 사는 이 세상도 다양한 사람들이 살고 있기 때문에 아름답습니다.

그리고 우거진 숲이 아름다운 것은 그 숲 속에 각기 다른 꽃과 새들이 있기 때문입니다.
세상에는 나보다 잘난 사람도 못난 사람도 없습니다. 그것은 신이 우리 인간에게 골고루 재능을 부여해 주셨기 때문입니다. 다만 내가 잘 하는 부분이 다른 사람에게는 부족할 수도 있겠고 다른 사람의 뛰어난 부분이 나에게는 부족할 수도 있습니다.
겉으로 보이지 않는 곳에서 묵묵히 자신의 일을 하는 사람들은 아름답습니다. 그것은 그냥 보기에는 잘 드러나지 않지만 그들의 마음에서 나오는 향기는 감출 수가 없기 때문이지요.
곱고 성숙한 인격은 고난이라는 돌멩이와 함께 해 온 사람에게만 주어지는 특별한 선물이 아닐까 생각합니다. 그래서 우리도 주변 동료 선후배의 숨겨진 돌멩이들을 바르게 보는 아름다운 삶이 되었으면 좋겠습니다.

9) 새 학년 새 학기를 맞이하는 선생님들께

부천혜림학교 선생님들 새 학년 새 학기가 어김없이 시작 되었습니다.
2016년도는 일 때문에 동료 선생님들 간에 스트레스로 상처 받는 일 없이 몸과 마음이 조금 더 부지런하여 상대보다 앞서 배려와 소통을 하면 행복하고 즐거운 일들만 있을 것 입니다.
"하나의 일을 만드는 것이 하나의 일을 없애는 것만 못하다"는 말은 '스티브 잡스'가 자신이 설립한 애플사에서 쫓겨났다가 애플이 망해갈 무렵 다시 복귀하며 한 말입니다. 그가 애플에 복귀 한 뒤 맨 처음 시도한 것은, 새로운 제품들을 추가하는 것이 아니라 불필요한 제품들을 제거하는 일이었습니다.

그 결과 다 망해가고 있던 애플을 살려냈습니다. 불필요한 기능을 하나 하나 제거한 결과, 망해 가던 애플은 세계 1위 기업이 되었고, 혁신의 아이콘이 되었습니다.

사랑하는 사람이 원하는 것을 들어주기에 앞서 그 사람이 싫어하는 것을 하지 않아야 합니다.

삶이 허전한 것은 무언가 채워지지 않았기 때문이 아니라, 비우지 않고 있기 때문입니다.

자기혁신과 자신의 변화 없이는 자신에게 희망이 없습니다.

자기 혁신을 통해 서 비우는 하루되시길 빌며 중심을 잃지 않는 선생님들 모두가 되시길 바랍니다.

10) 선생님을 떠나보내며

수고 많으셨습니다. 모진 세월 잘 견디고 지나서 영광스럽게 교단을 떠날 수 있음이 부럽고 자랑스럽습니다.

모진 세월을 경험해 본 사람만이 할 수 있는 말이지요.

그러나 젊은 교사들은 많은 날이 남아 있기에 먼 훗날 일로만 생각하지요. 우리학교 선생님들이 서로 더욱더 배려하고 소통하며 하나가 될 때 하루를 근무하다 퇴직하더라도 영광스럽게 기쁜 마음으로 퇴임할 것입니다.

학교장의 애정 어린 깊은 뜻이 조금이라도 이해된다면 서로 간에 소홀함 없이 소중한 마음으로 예의를 지킬 때만이 가능합니다. 인내와 최선의 노력으로 피어나는 한 송이 꽃이 진정 아름다운 꽃 입니다. 제가 이렇게까지 깊이, 크게, 넓게 선생님들을 생각하고 애정 어린 마음으로 사랑하기에 힘이 닿는 한 여러분들을 지켜 드리고자 합니다. 제가 여러분들을 짝사랑 하지 않도록 간절히 부탁드리겠습니다. 사랑은 서로가 간절한 마음으로 하나 되어 표현될 때 초인적 에너지가 발생하여 기적을 만들어내지요!

11) 후배들에게 하고 싶은 이야기

우리들의 삶이 마냥 즐겁고 좋아서라기보다 늘 반복되는 초라하고 지루한 일상 속에서도 마음과 생각이 통하여 작은 것에도 웃음을 나눌 수 있는 부천혜림학교 소중한 사람들을 곁에 두고 함께 있을 수 있었으니 행복할 수 있었습니다.
삶의 하루가 좋은 조건이라서가 아니고 하루하루를 시행착오와 실수로 이어가지만 믿음과 애정으로 어떤 일에도 변함없이 지지해 주고 나를 지켜봐 주는 혜림학교 선생님들이 있었으니 행복할 수 있었습니다.
더 많은 관심과 사랑받기를 갈망해 질투와 욕심으로 상심하며 번민하는 날들이 많았지만 누구보다 나를 아껴주고 이해해 주는 사랑하는 부천혜림학교 선생님들이 있었음에 행복할 수 있었습니다.
이 많은 사랑을 받기에는 부족한 나였지만 묵묵히 힘이 되어주고 사랑으로 보듬어 안아주신 사회복지법인 백십자사에 속한 혜림 동산 구성원 모든 사람들이 곁에 있었기에 학교장으로서 짧은 기간이었지만 더 이상 욕심 부리지 않고 과감히 명예퇴직을 하고 살아갈 남은 나의 삶이 초라하게 전개될지라도 두려워하지 않고 후회 없이 내가 내 멋에 살아갈 존재의 이유가 될 것 같습니다.

선생님들, 그리고 교직원 여러분들! 어려운 일, 힘든 일, 아픔이 있을 때 저희 집이 여러분들의 치유 힐링 쉼터가 되었으면 좋겠습니다.

어려운 일, 힘든 일, 분노가 가득하여 아픔이 있을 때, 많이 이용해 주세요.

참 좋은 만남으로 맺어진 인연, 언제까지나 변치 않는 마음으로 살면 좋겠습니다.

가슴을 열어 놓고 언제나 만나고픈 그런 인연이었으면 좋겠습니다. 무언가 기대하기 보다는 주어도 아깝지 않을 그런 인연이었으면 좋겠습니다.

서로를 소중하게 여기며 서로의 영혼을 감싸 안을 줄 아는 그런 인연이었으면 좋겠습니다.

가끔은 보고 싶어질 때 언제든지 안부를 물어 볼 수 있는 편안한 인연이었으면 좋겠습니다.

선생님과 교직원 여러분. 서로 감사하는 마음, 서로 배려하는 마음, 서로 소통하는 마음, 서로 사랑하는 마음을 가지셔야 합니다. 누군가는 다른 이의 허물과 잘못도 품어줄 수 있는 넓은 가슴을 가져야 합니다. 일방적 짝사랑은 있을 수 없고 있어서도 안 됩니다.

주인 의식을 가지고 자신에게 주어진 삶에 충실해야 합니다.

선생님과 교직원 여러분, 우리 부천혜림학교는 앞으로도 지금처럼 미래를 준비해야 합니다.

미래가 없는 조직은 죽은 조직입니다. 미래 준비하지 않는 조직은 발전이 없습니다.

한발 앞선 생각 행동이 발전의 기회가 되는 것입니다.

미래를 위한 투자는 단순한 준비 투자만 아니라 새로운 가치창조 새로운 방향을 정하는 동시에 미래를 리드해 나갈 수 있는 창조적인 일인 것입니다. 어떠한 고난과 극한 상황에서도 여러분들은 함께 미래를 위해 준비하고 스스로 희망을 만들어 내어야 되는 것입니다.

현재 어려운 여건 환경이라고 스스로 포기하고 희망 없이 서로가 서로에게 책임전가만 하고 서로가 서로에게 고정화된 고정 관념으로 서로의 장점 보다 단점만 부각하여 상처를 주어 미래는 생각도 못하고 과거에 매몰되어 현재 우왕좌왕만 하고 있다면 한심한 일이 아닐 수 없습니다.

물론 근원적 구조적으로 우리가 할 수 없는 일도 있습니다.

그러나 함께 지혜를 모으고 서로 배려하고 소통하면 할 수 있습니다.

저는 30여년 사립특수학교에 근무하면서 나만 힘들고 나만 스트레스 받는다는 이기적인 생각으로 나도 모르는 사이에 생긴 편견과 아집으로 쉽게 모든 것을 단정 짓고 쉽게 판단해 주변 동료, 선배, 후배 선생님들께 소통하기보다 상처를 주고 아픔을 주었던 점들도 있었습니다.

이제 교직을 정리하며 조용히 지난 시간들을 돌아보니 후회밖에 남는 것이 없습니다.

여러분이 계시는 곳은 누가 뭐라고 해도 여러분들이 평생을 가야 할 곳 여러분들의 소중한 인생역사가 간직되는 곳입니다. 그래서 여러분들 서로가 서로에게 소중하고 가치 있는 귀한 존재임을 서로가 인정하고 배려할 때만이 의미가 있는 것입니다. 모두가 주인의식을 가지고 후회 없는 교육을 하시기를 간절히 소망합니다. 힘드실 때면 저를 생각해 주시고 저는 언제든지 여러분들에게 불쏘시개 역할, 징검다리 디딤돌이 되어 드리겠습니다.

8장

퇴직 후 살아가고자 하는 삶

"내 삶의 황금기 아름답고 멋진 인생 제3막"

주님이 내안에서 역사하시는 삶

오늘 축복된 삶이 있기까지는 주님을 영접할 수 있는 기회와 믿음을 갖게 해 주신 내 인생의 멘토가 되신 권영석 선생님과 만남이 있었기 때문이다. 권영석 선생님을 통해서 만난 주님이 내안에서 역사하시는 삶, 고난 가운데도 지켜 주시는 주님과 끊임없는 교재 속에서 은혜 충만한 삶이 되었다.

내 삶속에서 평생 좌우명으로 삼았던 말씀

(잠언 16장 9절)

"사람이 마음으로 자기의 길을 계획할지라도 그의 걸음을 인도하시는 이는 여호와시니라"

이 성경말씀을 늘 묵상하면서 주님이 나를 통해서 이루고자 하는 뜻이 무엇인지를 헤아리며 주님 뜻에 합당한 꿈을 향해서 최선의 노력을 했다.

주님이 나를 사랑하시기에 감당할만한 고난, 이길만한 고난만 주실 것이라는 믿음이 어려움 속에서 나를 지탱하는 큰 힘이 되었다. 이 고난과 시련은 우리로 하여금 당신의 은혜를 붙잡을 수 있도록 하나님께서 당신의 자녀들을 훈련하시고 당신의 길을 가르치시고자 하는 특별한 방법이었다고 생각했다.

고난은 우리에게 하나님을 의지할 수 있는 기회를 주고 열렬한 기도로 하나님을 찾게 하며, 그분을 믿고 단순한 믿음으로 그분을 의지하게 하는 뜻이 있다.

우리가 고난을 당할 때야말로 예수님의 도우심을 절실히 느끼게 되는 때이다.

비록 악인들이 때때로 고통과 고난을 주지만 하나님은 그것을 유익한 것으로 바꾸십니다.

비록 슬픔과 고난이 견디기 어려운 것처럼 보일지라도 그런 경험에서 배운 교훈들은 우리를 예수님의 성품을 닮아갈 수 있도록 이끌어줍니다.

하나님의 아들이신 예수님도 이 땅에 오셔서 고난으로 순종을 배우셔서 온전하게 되셨는데 그 뒤를 따르는 우리도 당연히 고난을 기쁘게 받아 들여야 하지 않을까 생각을 한다.

주님이 함께하셔서 능히 그 고난을 견디게 하시고 유익이 되게 해주실 것이다.

내 삶의 전환기가 되었던 1970년대부터 1980년대까지 우리나라가 처한 어려운 현실 속에서 믿음 생활이 없었다면 내가 과연 어려운 고난의 삶을 이겨 나갈 수 있었을까?

과연 현재의 축복된 삶이 존재할 수 있었을까하는 생각을 하게 된다.

고난 가운데도 주님이 동행한 기적 같은 나의 삶은 주님이 나에게 고난을 주시어 주님의 뜻을 알게 하고자 하는 삶이었다.

주님이 우리에게 주신능력지혜를 믿고 주님 뜻에 합당한 꿈과 목표를 분명하게 정해 놓고 주님께 간구하며 기도하는 삶이 되어야 진정한 꿈이 이루어진다.

지금 힘들고 큰 고난이라고 생각하면 크게 쓰임 받기 위함이라고 생각하고 지금 편안하고 아무런 일 없으면 평범하게 살라고 하는 주님의 뜻으로 생각을 해야 한다.

잠을 자면 꿈을 꿀 수는 있겠지만 꿈을 이루기 위해서 현실에서 끊임없이 노력과 행동해야 하기에 큰 고난 속에서 감사기도하며 끊임없이 도전하면 꿈은 반드시 이루어진다는 믿음으로 꿈을 이루어 나아가야 한다.

자신의 축복된 삶 아름다운 삶은 누가 만들어 주는 것이 아니라 늘 깨어 기도하며 주님과 동행하면서 자신이 만들어 나아가는 것이다.

퇴직 후 살아가고자 하는 삶의 가치

"어떠한 역경에 처하더라도 가슴 뛰는 꿈의 에너지가 있는 한 오늘보다 내일이 희망적일 수밖에 없다는 신념으로!"

산업현장에서 주경야독으로 초등, 중등, 고등학교 졸업인정 검정고시를 통해서 1980년도 장애인 교육이 일반화되지 않던 시기에 특수교육을 전공하여 교사로 시작하여 교장까지 31년 교직생활을 무사히 마치고 제3의 인생을 살아가며, 상처받고 힘들어 하는 직장인과 청소년들을 위한 힐링 마음 치유 센터를 준비하며 살 수 있는 축복된 삶으로 인도해 주신 저의 삶 속에서 저와 인연 맺고 함께 해 오신 모든 분들께 감사드린다.

초등학교 중퇴로 시작된 우리사회 3D 업종, 일반직장 생활 17여 년, 장애인 교육에 뜻을 가지고 평교사로 시작하여 교장으로 특수교육 31년을 마무리하기까지 50여 년 짧지 않은 직장생활 계약관계, 책임이 있는 일을 비롯하여 금전적 이해관계가 있는 일들은 인생의 한 페이지를 덮고 이제는 계약관계, 책임이 있는 일들이나 금전적 이해관계가 아닌 그야말로 이해관계가 없는 순수한 봉사 그 동안 살아오면서 알게 모르게 쌓였던 나만의 경험 지식 삶의 노하우로 나를 필요한 사람들과 소통하고 배려하며 스스로 치료를 할 수 있는 센터를 설립하여 마음치유 봉사로 남은 삶을 살고자 한다. 내가 나이가 들어 몸을 움직이지 못하여 봉사를 하지 못할 때는 마음 치유센터가 세상 살면서 이렇게 저렇게 힘들고 치진 모든 사람들이 편안하게 쉬어 가는 쉼터가 되었으면 한다.

내가 퇴직후 삶이 황금기같이 아름답고 멋진 창조적 제3막 인생을 살고자 하는 이유는 보통 평범한 삶을 살아 온 사람들은 퇴직하면 제2막 인생이 시작되겠지만 나는 보통사람들이 경험하지 못하고 상상할 수 없는 초 · 중고 학생시절 10여년을 하루 3끼니 생존을 위한 공장생활, 구두닦기, 신문팔이 등 제 1막 인생을 살았고, 때 늦게 보통사람들과 같은 초 · 중 · 고 대학과정을 마치고 시작하는 직장생활이 제2막 인생이었고 그리고 보통사람들 보다 한 번 더 살아 가는 퇴직후 맞이하는 제3막 인생삶을 살아 갈 수 있기에 좀 더 여유롭고 풍요로운 삶을 살아 가고자 한다.

퇴직 후 행복한 삶을 사는 비결

행복한 삶이란, 지나온 삶이 아무리 힘들고 고단하고 어려운 일들이 많았을지라도 일단 접고 마음을 비워 편안한 마음으로 받아들이고, 승화된 삶으로 더 큰 고난 어려움 없이 지나온 것만으로도 감사한 마음, 모든 일들을 긍정적으로 생각하며 사람과 사람들 사이 대면하면서 일어나는 일상에서 부딪치는 순간순간 배려와 소통하며, 밝은 미소, 여유로운 생각이 행동으로 실천될 때 가능한 일이 아닐까 생각한다. 사람의 평균수명이 늘어나고 있는 요즘, 퇴직 은퇴 이후 30년의 삶이 새롭게 발견되는 이 시기(時期)를 핫 에이지(Hot Age)라고 한다. 60~70세, 70~80세, 80~90세를 어떻게 계획하고, 어떻게 사느냐에 따라 후반기 인생의 삶의 질이 좌우된다고 한다. 핫 에이지(Hot Age)를 살고 있는 사람들의 공통점 6가지는 다음과 같이 정리될 수 있다.

첫째 : 내가 원하는 진정한 삶이 무엇인가를 잘 파악하고 있다. 젊었을 때의 돈, 명예, 사회적 지위 등과는 달리 이들은 주로 내면적인 만족을 추구한다.

둘째 : 과거에는 가족, 친구, 자녀, 직장 등을 위해 살아왔으나, 이제 그들은 자기를 위해 살아도 이기적이라는 지탄을 받지 않는다는 것을 잘 알고 있다.

셋째 : 그들은 은퇴 후에도, 일을 계속하고 있다. 생계유지를 위한 일이 아니라 과거에 하고 싶었던 일, 여가를 즐기는 일을 하고 있다.

넷째 : 정신적인 젊음을 유지하고 있다. 그러기 위해서 그들은 호기

심, 웃음, 명랑함, 상상력을 발휘하며 자발적이고 능동적인 삶을 살고 있다.

다섯째 : 가족, 친척 이외에 더 많은 사람들과 교류하며 베풀면서, 거기에서 행복해지는 사람들이 많다.

여섯째 : 그들은 누구나 죽는다는 것과 죽음이 가까워오고 있다는 것을 잘 알고 있다. 따라서 항상 죽음에 대한 준비가 되어 있다.

죽음이 두려운 것이 아니고 아름다운 존재로 아름다운 죽음을 준비하며, 언제 어느 때든지 기쁜 마음으로 맞이하기 위해서는 인생을 재미나게 사는 것, 즐겁게 사는 것, 가치 있게 사는 것, 의미 있게 사는 것, 막연하게 기다리는 것이 아니라 우두커니 기다리는 것이 아니라 시간만 보내는 삶이 아니라 자신만의 삶, 고립이 아닌 자신의 삶에 충실함이 모두에게 더불어 함께 행복할 수 있도록 만들어 가는 것이다.

2017년 4월 8일 한글회관 서울문학 시부문 신인상

서울문학표지

경기도 교육청 훈포장 수여식

이제는 자신에게 충실한 삶, 자신을 위한 투자, 나만의 삶, 나를 위해서 질 높은 삶을 살 수 있는 시간이 그리 많지 않다. 나만 생각하는 삶이 이기적인 삶이 아니고, 내가 좀 더 자유롭고 여유가 있는 마음으로 삶을 살 때, 주변 사람들(친구, 지인, 가족)이 여유로워질 수 있고 행복한 마음이 교류되고 소통될 수 있다. 내가 여유가 없고 편안하지 않는 마음이 급급하면 주변 사람들도 불안하고 편안하지 못하다. 이제 남은 삶은 주변 사람들과 가족, 자녀들에게 생산자가 아니고 소비자이기에 많은 물질을 줄 수는 없지만, 오랜 연륜의 지혜로 마음만 있으면 마음껏 무한하게 줄 수 있는 편안한 마음, 밝은 마음을 줄 수 있을 것이다.

세상 욕심 마음 비우고 적은 물질이라도 쪼개고 나누는 여유로운 삶속에서 나오는 밝은 미소를 주면서 살아가면, 주변 사람들이 나를 통해서 편안하고 행복을 느낄 수 있을 것이므로 정년퇴직 후 성공적인 삶이 되지 않을까 싶다.

늙는 것과 익어 가는 것의 차이

나이가 들어간다는 것
자랑도 부끄러워 할 일도 아니지만
세상을 많이 알고 경험이 풍부하다는 것은
주변 사람들에게 행복을 주거나 배려 소통 넉넉한
여유를 갖고 살라는 것이 아닐까?

많은 연륜과 경험들을 통해서 손해를 보지 않기 위해

악착같이 챙기기만 한다면 곱게 나이 들어간다고 할 수 있겠는가?

그래서 나이가 들고 늙으면 눈이 어두워지는 까닭은
좋은 것만 보고 나쁜 것들은 보지 말라고

나이가 들고 늙으면 귀가 잘 들리지 않는 까닭은
좋은 것만 듣고 좋지 않은 것들은 듣지 말라고
나이가 들고 늙으면 다리가 힘이 없고 아픈 까닭은
이곳저곳 많이 다녀 덕스럽지 못할까봐
나이가 들고 늙으면 늙어 가는 것이 아니라
곱게 익어 가라는 뜻이 아닐까 생각한다.
아름다운 단풍처럼 인생이 아름답게 물들어 풍요로운
삶의 결실을 거두어들이는 비결이 아닐까 생각한다.

행복하지 않으면 인생이 아니다

한 번뿐인 자신의 삶이 행복하지 않고 자신의 인생이라고 할 수 있겠는가? 어찌 인생이 행복한 날만 있겠느냐 만은… 인생이란 고난이 연속되는 가운데도 희로애락을 느끼고 즐거움이 있다고는 하지만 고난이 너무 길어지고 너무 힘들어지면 지쳐서 살기위해 먹는지 먹기 위해 사는지 구별이 되지 않는 삶이 되기 쉽다. 어쩔 수 없이 사는 것이 진정으로 자신의 인생이라고 말할 수 있겠는가? 그래서 내가 진정으로 행복하기 위해 양보 배려 소통하며 마음을 비우고 욕심을 버리고 사는 것이 아닐까 생각한다. 어찌 자신이 갖고 싶은 것 다 욕심대로 하면서 행복하기만을 바랄 수 있을까?

오늘도 내일도 내 삶인 동시에 내 인생이니까 행복하기 위해 최선을 다하겠지. 순간순간 행복하지 않으면 인생이 아니다. 순간순간 내가 행복하기 위해서 내 것을 먼저 챙기기보다 주변사람들을 먼저 챙겨주고 배려해야 주변사람들이 나를 행복하게 해 주기 때문이다. 인생이란 고난 속에서 즐거움과 행복이 있다고는 하지만 고난에 너무 찌들이면 자신의 인생이라고 할 수 없다. 오늘도 내일도 내 인생이니까 행복하기 위해 최선을 다 해야 될지 않을까.

나의 행복한 노후 4대 관리

행복한 노후는 건강, 돈, 마음, 사람 4대 관리를 스스로 통제 조절할 수 있을 때만이 행복한 삶이 된다.

1. 건강관리 - 매일 규칙적인 운동.
   내 몸에 맞는 건강 체조 매일 반복 호흡 심신운동.
   신나고 즐거운 놀이 활동

2. 마음관리 - 화내지 않기 마음비우기.
   긍정적인 생각 참기 힘든 극한상황 이겨내기.
   규칙적인 신앙생활. 매일 성경 쓰고 읽기.
   백번 운동 보다 한번 마음상하면 몸이 망가진다.

긍정적인 마음으로 부정적인 생각이 싹 뜨지 않게 하자.
부정적인 생각이 들 때는 다른 곳에 집중하여 잊자.

3. 돈 관리 - 가지고 있는 돈만 잘 관리하고 잘 쓰자.
지혜롭게 쓸 것 쓰고 살자.
세끼니 아끼지 말고 잘 먹자.
아낄 것 아끼고 쓸 것 쓰며 살자.
깍쟁이 소리는 듣지 말자.
적은 돈도 쪼개고 나누며 지혜롭게 쓰자.

4. 사람관리 - 마음에 들지 않은 사람들과 억지로 상처 받으면서까지
사귀지 말고 쿨하게 잊고 좋은 사람들과 즐겁게 살자.
모든 사람들에게 편견 선입견은 버리고 최선을 다해 보고
아니다 싶으면 쿨하게 잊자.
내가 마음 주어야할 사람에게 마음 주고 상처 받지 말자.
주는 것은 주는 것으로 끝이지 다른 생각을 하면 상처 받는다.
덕스런 말과 행동으로 품위를 지키며 최후의 말과 행동은
하지 말자.

나이가 들어간다는 것

나이가 들어가면서
자연스럽게 받아들이고

자연스럽게 물 흐르듯이 생각하고
모든 것을 있는 그대로 인정할 수 있다면
정말 편안한 삶이 될 것이다.

우리들은 욕심이 끝이 없어 이미 지나 가 버리고
오지 않는 젊은 시절만 생각하니 말이다.
우리가 욕심이 있는 한 젊은 시절로 되돌려 준다고 하여도
힘이 넘치고 의욕이 넘쳐 무모하게 세월 보내고
후회하기는 매 한가지 될 것이다.

젊은 시절을 어떻게 보냈든 상관없이
지금 현재 주어진 삶을 받아들이고
젊은이들이 경험하지 못한 노년의 삶
경륜, 지혜, 여유를 가지고
피할 수 없는 육체의 아픔, 고통을 조금은 이겨낼 수 있는 힘을
만들어야 되지 않을까 생각 해 본다.

꿈꾸는 삶

현실문제로 부터 자유로운 삶 자족할 줄 아는 삶
능력이 작던 크든, 경제적으로 부하든 가난하든,
작은 것을 가지고 쪼개고 나누는 기쁨의 삶
소통하고 베푸는 여유를 즐기는 삶

내가 가진 모든 것을 바쳐 마지막 열정을 쏟아 일하는 삶 봉사의 삶
인생의 종착지에서 여유롭게 마무리 하며 누구하나 소홀함 없이
함께 행복할 수 있는 지혜로운 삶

일체 모든 일을 후배들에게 넘겨주고
일로부터 자유 생활로부터 자유
가족으로부터 자유의 삶
먹고 마시는 것으로부터 자유로운 삶

가난한 삶속에 행복

나 가진 것은 없어도
어린 시절부터 감성이 풍부했고
나 가진 것은 없어도
어려운 이웃의 아픔을 알았고
나 가진 것은 없어도
문화와 예술을 사랑했고

나 비록 가진 것은 부족해도
나누고 쪼개는 삶
나 비록 가진 것은 부족해도
마음은 넉넉한 삶
나 비록 가진 것은 부족해도

행복을 주는 삶
가난한 삶속에서 넉넉한 마음으로
행복한 삶을 살고 싶다.

내 인생 세번째 청년 서른을 맞이하며

첫 번째 서른은 인생을 준비하는 삶으로서 출발자체가 너무나 열약한 가운데 시작을 했기에 많은 어려움과 고난의 삶이었지만 주님과 인격적인 만남을 통해서 고난을 희망으로 바꾸어 주셨고, 절망과 좌절을 극복할 수 있는 에너지로 꿈을 주셨고, 초등학교 중퇴로 제대로 아는 것이 하나도 없는 무식한 삶이었기에 주변 모든 사람들이 선생님이 될 수 있어 누구에게 든지 궁금한 내용이 있으면 겸손한 마음으로 부끄럼 없이 물어보고 배우는 삶으로서 공부하는 첫 번째 서른이 되었다.

두 번째 서른은 하면 된다는 신념으로 뜨거운 정열로 밤낮을 가리지 않고 끊임없이 꿈을 이루기 위한 삶으로서 추진력과 결단력을 주시어 두려움 없이 꿈을 이루어 나가는데 매진하고 정진하여 어느 정도 꿈을 이루고 성취감을 맛보게 한 후 퇴직의 축복을 주시어 두 번째 서른을 감사한 마음으로 정리하게 되었다.

앞으로 맞이할 세 번째 맞이 하는 서른의 삶은 가진 것이 있던 없던 주어진 그대로 감사하며 쪼개고 나누는 삶으로서 먹던지 먹지 못하던지 거하든지 떠나든지 두려움 없이 일체 요동하지 않고 고난도 가슴속 깊숙이, 기쁨도 가슴속 깊숙이 넣고 잔잔한 호수와 같이 평혼한 마음, 여유로운 마음으로 밝은 미소만 얼굴로 나타 나는 삶이 되어지길 기도하며, 새로운 하루가 시작되는 아침 눈을 뜨는 순간 또 다른 하루의 삶을 살 수 있는 귀한 생명을 주심을 감사하고, 귀한 생명의 시간을 아름답게 보내고 하루를 정리하는 잠자리 눈을 편안한 마음으로 감을 수 있는 하루 하루 삶을 주심을 감사하는 세 번째 서른이 되어지길 간절히 기도한다.

2017년 9월 미국 회갑여행

캐나다 천섬

몽블랑 스위스

몽블랑 프량스 트레킹

9장

퇴직 후 또 다른 도전

"지금부터 전개되는 퇴직 후 또 다른 도전의 삶은 명품인생"

퇴직 후 인생 3막은 그 동안 살아온 삶의 다양한 경험, 노하우를 바탕으로 자신 스스로에게 새로운 가치를 부여하여 풍요롭고 아름다운 삶을 디자인하여 우리사회가 시대적으로 필요한 계층에게 희망과 용기를 줄 수 있는 일에 도전하고자 한다.

나의 진로 나의 꿈

최대한 지원없이 스스로 잘 사는 마을 운동(정신적으로 잘 사는 삶)

1. 우리나라를 이끌고 나갈 미래 세대 청소년들에게 꿈과 희망을 주는 명강사(나의 가치와 꿈을 실현하는 명강사)

2. 도시 이기적 개인 문화와 농촌 고령화 문제를 동시에 해결할 수 있는 도시와 농촌을 연결하는 플렛트 홈 역할로서 팜 스토리가 있는 체험활동 바른 먹거리, 농산물직거래 농촌체험 여행 가이드 및 기획자
생산자 – 활동가 – 소비자 상호 선순환 구조

3. 미래 농업을 이끌고 나갈 비젼 있는 꿈나무 젊은 청년농부를 1년에 1명씩 개인적으로 선발하여 비용일체를 제공하여 함께 농업선진국 팜 여행을 가는 프로그램 운영(농사도 젊은 감각으로 스마트 팜을 하는 젊은 청년 농부들이 농촌의 희망이자 미래)

4. 4차 산업혁명시대는 융복합 매칭(연결시대)하여 새로운 문화 일자리 창출
아날로그 + 디지털(신세새 +구세대) 수평적 조직이동

퇴직세대와 젊은세대가 메이트 친구가 되어야 희망이 있다.
국가 지원금 세금을 생산성이 약한 기득권세력들이 독식하면
젊은 세대들이 생산성 높은 실험 모험을 할 수 없어 희망이 없다.

10프로 리더가 90프로 다수를 먹여 살리는 구조를 만들어 내는 산업구조 시대
4차 산업혁명시대 트랜드(융복합) 치유 농업+공유농업+힐링 농업
(도시와 농촌이 하나가 되어 함께 즐기는 문화 창조)

휴먼테크 인간중심(첨단 과학고급 두뇌 1명이 보통사람 1만명 먹여 살리는 시대)
대기업은 첨단 과학기술로 수출 돈을 벌어 소외된 산업지원 및 경쟁력 약한 산업지원

◈ **도시 소비자 : 의정부 – 주중 프로그램**

1. 동네 현안 마을공동체(꽃길조성, 안전한 귀가길 조성, 공동문화 활동 - 연극,음악회)
2. 소비자 모임 공동체, 안전한 먹거리(유기농 쌈채소 직송)
3. 퇴직자 취미동아리 모임, 보람 있는 노후 시니어 글 쓰기 모임
4. 스토리 팜 투어(성인, 학생 봉사단체 –그루터기 장애인여가생활학교)
5. 동네 카페(동네 이야기터)
6. 우프 농장 배치전 기착지 의정부 홈스테이
7. 울엄마 밥상(시골음식 명인 및 엄마 손맛 대회 우승자 주방장 초빙하여 웰빙먹거리 무농약 유기농 식자재로 만든 식당 직영)

◈ **농촌 생산자 : 화천 – 주말 프로그램**

1. 주말 도시민 토종 가금류(오리, 닭, 오골계, 토끼) 및 과수나무 분양 기르기, 텃밭 가꾸기, 음식만들기, 공동체문화 놀이, 주말 카라반 숙소
2. 스토리 팜(이야기가 있는 힐링 치유 농장 - 가정.직장, 대인관계, 삶 멘토링)
3. 우프 친환경 유가농 농장(국제 숙박형 농촌체험 농장), 화천농촌 지역 연계 관광지+ 토마토 농장
4. 팜스테이 관광 농원 및 체험 농장 학습 프로그램
   가공 농식품, 효소 양조체험, 토마토 및 낙과 활용 주스 잼 만들기 체험

학습, 작은 음악회, 작은 축제, 작은 갤러리 미술관, 은혼식, 금혼식, 프로포즈, 작은 결혼식, 삶 이야기 쇼 이벤트, 꽃과 음악이 흐르는 들꽃 농장 (리마인드 웨딩, 기념일 이벤트)

5. 1인 지식정보 기업 – 은퇴 후 평생 직장과 돈 걱정 없이 살아갈 수 있는 방법

그 동안 살아 오면서 나만이 독특하게 습득한 삶의 기술, 노하우, 취미, 경험, 지혜, 등을 정리하여 여러 사람들과 공유 소통할 수 있는 유튜브 동영상을 만들어 공유하기 사업은 나이가 들면 들어 갈수록 더욱 풍부한 켄텐츠를 만들어 낼 수 있기 때문에 평생 보람된 일자리가 된다.

공제회 공모 당선자서전 발간

시니어 창업교육

검정 부부모임 광릉수목원

교장 퇴직자 모임 세부 여행

오칠회 회갑여행 제주도

오칠회 회갑여행 제주도

학생회 강원도 여행

화성반송초 꿈 강의

(국민일보 2018년 1월7일 기사)

이 아이들이 우리들보다 더 믿음이 뛰어납니다"
33년째 특수교육 사역에 몸 바친 변상오 교장

변상오 교장이 3일 경기 의정부 용현동 그루터기장애인여가생활학교에서
인터뷰에 응하고 있다.

"사람들은 저의 삶이 고난으로 가득했다고 하지만 저는 그렇게 생각하지 않습니다. 저는 오히려 모두가 어려운 상황에서 하나님의 축복을 더 많이 받은 사람이라고 생각합니다. 30년이 넘었지만 앞으로도 장애인들을 위한 사역에 계속해서 힘쓸 생각입니다."

3일 경기 의정부 그루터기장애인여가생활학교(그루터기 학교)에서 만난 변상오(60)교장은 올해까지 33년째 장애인들을 위한 특수교육에 종사하고 있다. 반평생이 넘는 기간 오직 장애인 교육이라는 한 가지 사역에 집중한 그에게 장애인 사역의 현실을 들어봤다.

원래 신앙이 없었던 변 교장은 대학 진학을 위해 다니던 검정고시 학원에서 권영석 선생을 만나 "세상의 빛과 소금 역할을 하라"며 특수교육과를 추천받았다. 그렇게 진학한 특수교육과에서 기독교인들의 삶이 궁금해진 변 교장은 성경모임에 가입해 자연스럽게 기독교 신앙을 갖게 됐다.

독실한 기독교 신자가 된 변 교장은 졸업 직후인 1986년 막 설립된 기독교특수학교 장봉혜림학교에 자원했다. 장봉도에서 2년간의 근무를 마친 뒤 서울 내 비기독교계열 특수학교로 옮긴 변 교장은 특수학교를 졸업한 장애인 학생들의 현실을 목격하게 됐다. 자립이 쉽지 않은 장애인 학생들은 대부분 영세민 아파트에서 근근이 살아간다. 그런데 영세민 아파트를 지나가던 이웃들이 장애인들을 조롱하거나 재미로 담배를 가르치는 등 유해한 영향을 끼치더라는 것이다.

이런 현실을 안타깝게 여긴 변 교장은 장애인 학생들에게 한 달에 2일 정도라도 건전한 여가 생활을 제공하자는 목적으로 공무원들과 교사를 모아 2000년 서울 도봉구에 그루터기 학교를 설립했다. 처음에는 여가 및 문화생활만을 목적으로 했으나 학부모들의 지속적인 청원으로 실비를 받고 생활 전반을 책임지는 학교가 됐다. 이후 2007년 의정부로 이사해 올해까지 18년째 운영되고 있다. 변 교장은 기획실장 역으로 설립에 참여했으며 의정부로 학교가 이사를 할 때는 자비 6억여원을 들여 학교를 지었다. 부천혜림학교 교장을 명퇴한 2016년 그루터기 학교의 교장으로 취임한 그는 "앞으로도 몸이 허락하는 데까지 그루터기 학교를 위해 힘쓸 것"이라고 말했다.

그루터기 학교는 장애인 학생들의 사회적응을 위한 테마여행, 문화사업 등을 제공하는 것뿐만 아니라 학생들에게 기독교 신앙을 심고 있다. 학교에 교목이 상주하며 예배와 찬송을 생활화한다. 변 교장은 "아이들이 스스로 외우거나 이해하지 못한다고 해도 이들의 생활 속에는 자연스럽게 하나님의 사랑이 녹아들어있다"며 "신앙을 가진 장애인 학생들은 확실히 태도와 생활이 바른 편"이라고 설명했다.

이미 긴 세월동안 장애인 사역에만 힘쓴 변 교장은 "아직도 고민이 많다"고 말한다. 특히 국가가 신경써주지 못하는 성인 장애인들을 위한 따뜻한 손길이 더욱 더 필요하다는 입장이다. 변 교장은 "장애인과 노약자 문제는 지역사회의 인적 자원도 활용해 해결하려고 해야지 국가에게 모든 것을 맡기는 데는 무리가 있다"고 지적한다. 그러면서 "특히 이전과 달리 공부에 대부분의 시간을 투자하다보니 현장 자원 봉사에 소홀한 학생들이 많다"며 "교직 경험을 살려 봉사활동과 공부를 병행해 사랑의 실천과 명문대 진학이라는 두 마리 토끼 모두를 잡을 수 있는 프로그램을 준비하고 있다"고 말했다.

이현우 기자 base@kmib.co.kr

2부

삶의 향기가 묻어나는 글 모음

삶을 윤택하게 하는 삶의 향기가 묻어나는 짧은 글 모음은

내가 그 동안 살아오면서 삶속에서 예측할 수 없는 고난 좌절로 인하여

힘들었을 때 많은 사색을 하며 다양한 상황에서 틈틈이 생각이 날 때마다

특별한 형식이나 틀에 억매이지 않고 기록 했던 글들과

힘들고 어려웠던 고난의 순간 극복하기 어려운 유혹의 순간

적당히 타협하기 쉬웠던 일들을 처리하면서 순간순간

바르고 정직한 판단과 결정을 하기 위해서 정직한 생각을 정립하고

올바른 가치 철학을 세워가는 과정의 순간순간

하루 하루 일상생활 속에서 느껴지는 느낌과 생각을 주제에 맞게 글을 써서

틈틈이 친구 그리고 지인들에게 보냈던 300여 편의 짧은 글 중에서

다시 다듬어 정리한 글입니다.

1장

배려와 소통

순환 속의 나의 역할

엄마 아빠의 에너지로 동토의 땅에서 새싹이 돋아나고
엄마 아빠 에너지로 잎이 나고 꽃이 피는 봄

잎과 가지에 왕성하게 물이 오르고
에너지를 마음껏 발산하며 여물어 가는 여름

이 세상에서 가장 고귀한 작업
2세를 위해 튼실한 열매를 맺음
마지막 남은 물 한 방울까지 쏟아 내어
아름다운 단풍으로 베풀어 주는 여유롭고 넉넉한 가을

마지막 아름다운 단풍 한 잎까지 모두 떨어져
자식의 밑거름이 되어주는 겨울
이 마지막 단풍잎, 물 한 방울까지 쏟아내어 밑거름이 되어
비옥한 토양을 만들어 튼실한 열매에서 태어날
2세를 위해 껍데기만 남겨놓고
아니 껍데기마저 자식의 밑거름이 되어줌으로써
한 주기 역할로서 생명을 다하고
또 다른 한 알의 튼실한 열매는 또 다른 봄을 기다림....

나를 응원하자

나를 격려하자
나를 내가 따뜻하게 보듬어 안아 주자
스스로 자신의 가치를 최대한 높여
동력을 만들어 추진하자

앞으로 나아가자
무엇 보다 먼저 내가 생기 있게 살아서
숨을 쉬고 건강하게 내가 존재 하자
그리고 나의 따뜻한 마음에 여력이 된다면
외롭고 힘들어 하는 사람들과 함께 가자

나의 작은 가슴이지만
따뜻하게 보듬어 안아 줄 주변 사람들이 있다는 것은
얼마나 다행스러운 일이며 행복한 일인가
자신이 쓸모 있는 사람이로구나를
인정하면 더 힘이 나지 않을까요!

손

절망의 순간 따뜻하게 품안을 감싸 주는 손
외로울 때 사랑하는 마음을 전하는 따뜻한 손
삶이 지치고 힘들 때
용기를 주기 위해 살며시 잡아 주는 손
슬픈 마음의 눈물을 닦아 주는 손

우리 서로 미약한 힘이지만
외로운 인생 길 따뜻한 손 서로 마주 잡고
힘차게 함께 가요

우리는 무엇을 하다 가야하나요
어떤 이는 악을 뿌려놓고 악에 눌려 살다가 가고
어떤 이는 자신의 아픔을 이기고 배려와 소통으로
선한 영향력을 끼치다 가고
어떤 이는 자기 몸 하나 간수 못하고 누군가
의지하여 불통으로 살다가 가고
어떤 이는 말없이 잡초를 뽑아내고
꽃씨를 뿌려놓고 가고

우리 짧은 삶 큰 것은 이루지 못해도
서로 관심과 사랑을 주고받으며
소통하며 살다 가지 않을래요!

어지러운 세상

나만이라도 밝은 미소로
행복을 주는 사람이 됩시다
누군가 나를 기억해 주는 이가 있다는 건
참으로 고마운 일입니다

누군가
나를 걱정해 주는 이가 있다는 건 참으로 행복한 일입니다
괜찮은 거지 별일 없지 아프지 마!
나도 누군가에게 고맙고 행복을 주는 사람이 되고 싶습니다

행복은 멀리 있는 것이 아닙니다
내 마음속에서 밝은 태양이 떠오르면
행복한 삶이 되어지는 것입니다

항상 내 마음의 흐리고 맑음,
행불행은 나와 더불어 살고 있습니다
마음속에서 어두운 그림자가
자신도 모르게 밀려들어도 밝은 미소로 대응하면
어두운 그림자는 점차 사라질 수밖에 없습니다

주는 것을 연습하라

내가 마음이 맑아야 다른 사람을 맑게 도와줄 수 있다
이제는 남에게 주는 것이 오히려 나를 채우는 일이기에
다른 사람을 위해 무엇인가를 할 수 있다
살아오면서 나도 모르게 알게 된 지혜를
이제는 다른 사람에게 나눠줄 수 있다

사심 없이 타인에게 베풀고 그럼으로써 세상과 균형을 잡는다
우선 당장은 받는 것이 좋아 보입니다
그러나 인생을 살아가면서 지난 세월을 돌아보면
받는 것보다 주는 것이 복의 근원이었음을 깨닫게 된다
주고나면 없어지고 사라지는 것이 아니라
보이지 않는 '복의 창고'에 쌓여 있다가
훗날 더 큰 것으로
되돌아온다
주는 것도 연습이 필요하다

작은 것을 쪼개고 나누는 연습을 통해서
큰 것을 과감히 주는 기쁨을 알고
그 기쁨, 희열, 평안한 마음으로 마지막 생의 눈을 감는다면
자신이 이 세상을 살아온 작은 발자취가 되지 않을까!

사랑 없는 가슴은 죄

사랑 없는 가슴을 가질 때
죄로 가득 찬 머리를 가지게 된다
아름답게 살만한 세상을 만드는 사람은
우수한 두뇌를 가진 자들보다
두뇌는 부족할지라도 뜨거운 가슴으로
가까운 주변 사람들을
사랑하는 사람들이 아닐까 생각합니다

요즘 세상을 경악하게 했던
미국 총기 사건의 주인공 조승희씨가
동료, 주변 이웃을 위한 뜨거운 가슴 사랑이 있었다면
끔직한 사건은 일어나지 않았을 것이다
명석한 두뇌를 가진 자녀를 제2의 조승희로 키우고 있지 않는지
생각해 보심이 어떠한지?

사랑 없는 가슴은 죄이다
따뜻한 마음 없는 사람은 죄인이다

나는 어떤 사람인가?

나와 이해관계가 없어도
늘 편안한 마음을 갖게 하는 사람
주변에 있다는 것만으로
여유로운 마음을 갖게 해 주는 사람

같은 환경 같은 시간
늘 허겁지겁 늘 쫓기는 듯 불안한 사람
내 주변에 있으면 무슨 일이
일어나고 터질 것만 같은
불안한 마음을 갖게 하는 사람

내가 주어야할 이유가 없지만
주어도 주어도 아깝지 않은 사람
그런가하면 내가 주어야 하지만
주기 아깝고 주면서 유쾌하지 않는 사람

애인도 아닌데 바라만 보아도
기분 좋고 생각만 해도 미소 짓게 되고
쳐다만 보아도 웃음을 자아내는 사람
넉넉하지 않은 어려운 삶이지만
넉넉하게 느껴지는 밝은 얼굴
해맑은 미소 가득한 사람

세상 근심 걱정은 혼자만 가지고 있는 듯 수심가득 찌들인 얼굴
입에서 나오는 첫마디부터 부정적인 말로 시작해
부정적인 말로 마쳐 허무하게 하는 사람

하나님이 이 세상에 태어나게 하시어
똑같은 시간에 주어진 것과 상관없이
긍정의 에너지로 사는 사람
부정의 에너지로 사는 사람

당신은 주변 사람들에게
어떠한 삶으로 영향을 끼치며 살아가시는지요?

나눌수록 풍요로워집니다

아무리 가난해도 마음이 있는 한 다 나눌 것은 있다
근원적인 마음을 나눌 때
물질적인 것은 자연히 그림자처럼 따라온다
그렇게 함으로써 내 자신이 더 풍요로워질 수 있다
세속적인 계산법으로는
나눠 가질수록 내 잔고가 줄어들 것 같지만
근원적인 입장에서는 나눌수록 더 풍요로워진다

물질적인 풍요 속에서는 사람이 타락하기 쉽다.
그러나 맑은 가난은 우리에게 마음의 평안을 가져다주고
올바른 정신을 지니게 한다

행복의 비결은 필요한 것을 얼마나 갖고 있는가가 아니라
불필요한 것에서 얼마나 자유로워져 있는가 하는 것이다
"위에 견주면 모자라고 아래에 견주면 남는다"라는 말이 있듯
행복을 찾는 오묘한 방법은 내 안에 있는 것이다

하나가 필요할 때는 하나만 가져야지 둘을 갖게 되면
당초의 그 하나마저도 잃게 된다

2장

가슴 뛰는 꿈의 에너지

가슴이 뛰는 까닭

가슴이 뛰는 까닭이 무엇인가
미소년 청춘도 아닌데

가슴이 벅찬 까닭이 무엇인가
승리를 일궈 낸 선수도 아닌데

가슴이 뜨거워지는 까닭이 무엇인가
20대 건강한 심장도 아닌데

가슴이 뛰는 까닭이 무엇인가
사랑하는 여인 앞에 선 것도 아닌데
가슴 설렘이 무슨 까닭인가
첫 사랑을 만나는 자리도 아닌데
그럼 철이 없어서일까 세상 물정을 몰라서일까
온실 속에서 자란 식물처럼 연약한 감정일까
천지분간 모르는 푼수여서일까

지금 60이 넘는 70 고개 길에 들어선 나이에도
뛰는 가슴은 아름다운 목표가 있어서가 아닐까 싶다
나만을 위한 목표가 아닌 누군가 함께 하고자 하는
소통하고자 하는 목표가 있어서 그렇지 않을까 싶다

누군가를 위한 아름다운 꿈이 있어서가 아닐까 싶다
이것이 내가 사는 까닭이 아닐까 싶다

꿈은 절망 극복의 에너지

내일에 대한 꿈이 있으면
오늘의 좌절과 절망은 아무런 문제가 되지 않습니다
꿈을 가진 사람이 아름다운 것은
자신의 삶을 긍정적으로 바라보기 때문입니다

인생의 비극은 꿈을 실현하지 못한 것에 있는 것이 아니라
실현하고자 하는 꿈이 없다는 데 있습니다
절망과 고독이 자신을 에워쌀지라도
원대한 꿈을 포기하지 않는다면 인생은 아름답습니다

꿈은 막연한 바람이 아니라 자신의 무한한 노력을 담은 그릇입니다
노력은 자신의 원대한 꿈을 현실에서 열매 맺게 하는 자양분입니다
지금 이 순간부터 자신의 삶을 원대한 꿈과 희망으로 넘쳐나게
하십시오
그리고 그 꿈을 밀고 나가십시오
다른 사람들이 자신의 꿈을 먼저 차지할 때까지 기다려서는 안 됩니다
세상은 원대한 꿈을 가진 사람들을 필요로 한다는 것을 기억하십시오
친구도, 가족도, 사랑하는이도 원대한 꿈을 가진 사람을 원합니다
자신의 소중하고 아름다운 꿈을 잘 가꾸고 사랑하십시오
언젠가는 그 꿈이 현실로 나타납니다
당신은 꿈이 있어 늘 아름다운 사람입니다
고난 가운데도 희망으로 아름다운 삶을 살아 가는 것입니다

끊임없이 꿈을 꾸며 움직여야 산다

끊임없이 움직여야 심장이 뛴다
움직이지 않으면 죽는다
의지가 없으면 죽는다
조금씩이라도 움직이어야 산다
의지가 있어야 산다
꿈이 있어야 산다

그래서
인생은 자전거를 타는 것과 같다고 한다
균형을 잡고 넘어지지 않아야 한다고 한다
페달을 밟아서 움직여야 쓰러지지 않는다고 한다
지속적으로 꾸준히 노력하는 자세가 인생을 즐겁고
행복한 길로 이끌 수 있다고 한다

우리가 무엇을 이루기 위해, 내 욕심을 채우기 위해
사는 것이 아니라 아름다운 삶을 위해 진정으로
내 삶의 가치를 만들어 내기 위해
어떤 어려운 고난의 순간에도 의지를 가지고
끊임없이 움직이며 사는 것이다
끊임없이 꿈을 꾸어야 사는 것이다

도전과 응전을 즐기는 삶

어떤 것을 싫다고 벗어난다고 해결 되는 것은 아니고
또 다른 넘기 힘든 산이 버티고 있어 또 다른 고뇌 속에서
또 다른 방법으로 벗어나기 위해 노력을 할 수 밖에 없다

우리네 인생이 도전과 응전의 연속 반복되는 역사이니까
도전과 응전의 연속되는 삶이
고난이 아니고 자연스러운 생활이자 우리의 삶이다

풍요로운 마음으로 즐기고 여유롭게 그냥 가는 것이다
마음먹은 것, 생각하는 것, 망설이며 하지 못하고 있는 것

주저하고 미루고 있는 것들을 한번쯤 해보고
도전이나 해보고 후회 하더라도 하자
우리에게 도전할 기회는 그렇게 많이 있지 않다

우리네 삶이 항상 젊고 싱싱한 삶만 주어지지 않기 때문이다
우리가 편하게 쉴 수 있는 시간은 원하지 않아도 많이 겪게 될 것이다

어쩔 수 없는 쉼, 여유가 아니라 내 의지, 생각을 가지고
진정한 쉼, 여유로운 삶을 살아 갈 때만이
진정한 내 삶, 의미 있는 내 인생 삶의 시간이다
오늘, 지금, 바로 큰 결단을 하는 날 행동하는 날이다

삶은 자신이 만든다

꿈이 있는 사람은
거지가 되어도 거지들을 먹여 살리는 사람이 되고

꿈이 있는 사람은
막노동을 해도 노동자를 위한 지도자가 되고

꿈이 있는 사람은
식당에서 접시를 닦아도 식당주인 되고
거지근성으로 사는 사람은 평생 거지

막노동자 근성으로 사는 사람은
막노동을 벗어나지 못하고
접시 닦기로서 꼴통만
부리면 접시 닦기를 벗어나지 못하고

대박 인생 쪽박인생 타고 나지는 않지만
개인 개인들이 어떤 마음가짐으로
어떤 행동을 하며 사느냐에 따라
인생 결과는 달라지지 않나 생각합니다.

찌지리 같은 삶을 사는 자는
찌지리 같은 행동과 말을 하고
아무리 어려운 환경 속에서도
소통하고 배려할 줄 아는 사람은

누가 키워주고 도와주어
대박 인생이 되는 것 같습니다

자신의 운명은 자신이
만들어 가는 것이라고
저는 짧은 삶을 통해서 확신 합니다

싱싱하고 젊을 때

싱싱하고 젊을 때 무엇이든 하면 되지만
미루고, 내일하지 그 내일이 오늘이 되어서 무엇인가 하려고 하지만
힘도 없고 지혜, 능력 부족으로 오늘 마저 어쩔 수 없이 미루어져
결국, 우리네 인생이 늘 후회의 삶, 실패의 삶이 되는 이유입니다

소수의 성공하는 사람들은 특별한 능력이 있거나 뛰어난 머리가 아닌
지금 순간순간 고난과 어려움을 이겨내며 주어진 현실에서 최선을
다했을 뿐일 것입니다

대다수가 내일 내일로 미루기에 오늘 지금 조금만 노력해도
어제 보다 나은 오늘, 내일이 보장되는 것 같습니다

성공 자들의 비결은 성실한 자세로 오늘 일을 미루지 않고
오늘 한다는 것뿐입니다

진정성을 가지고 성실히 살아 보세요
성공합니다. 할 수 밖에 없습니다

오늘 일을 오늘, 지금 할 때 경쟁률이 적고 치열하지 않기에
배려할 수 있는 마음의 여유가 생깁니다

3장

잘 견디어 냈기에 윤택한 삶

구속과 자유

혈기왕성한 젊은이로서
자신이 펼쳐나가야 될 모든 것들이 제약을 받는다면
꿈은 고사하고 작은 자유마져 구속이 된다면
일상생활 사소한 것들 마져 구속이 된다면 숨이 막힐 것이다

우리가 구속됨 없이 자신이 하고 싶은 대로, 먹고 싶은 대로
무엇 하나 조금도 제약 없이 자연스럽게 살아오고 있기에
자유의 삶, 제약 없는 일상생활, 평범한 삶의 소중함을 알지 못하고
불평불만으로 지루한 삶을 살아가고 있다

내가 만약에 젊은 날 한 때 한 순간
오판으로 혈기를 참지 못하고
실수를 해서 교도소에서
젊은 날을 고스란히 보내며
꿈도 희망도 없이 살아 왔다면
얼마나 절망의 삶, 좌절의 삶, 고통의 삶이 되었을까
생각해 보면 아찔하다

어제 힘들었기에 오늘 감사

어제 힘들고 고달픈 삶이었기에
오늘이 더 소중하게 느껴지는 감사

아픈 삶이 있었기에
작은 삶의 변화도 감사

고통스런 현실이었지만
꿈이 있었기에 감사

비 오는 날이 있었기에 맑고 쾌청한 날에 감사
밝은 날, 맑은 날, 쾌청한 날을 당연한 것으로 생각하고
불평불만만하며 살아가는 사람들

어제의 힘들지 않은 삶이기에
오늘도 힘들지 않는 것이
당연한 것으로 알고 살아가는 철부지의 삶
어린아이와 같은 삶도 감사

아버지의 고뇌

아버지는 고뇌가 있어도 마음으로 슬퍼한다
마음으로 슬퍼하기에 눈물이 없다
눈물이 없으니 매정하게 보인다
매정하게 보이기에 늘 외롭다
외롭기 때문에 막걸리 한잔에 외로움을 달랜다

아버지도 아버지이기 전에 사람이다
사람이기에 고뇌가 있을 때 마음 편하게 펑펑 울고도 싶다
그러나 아버지라는 자리가 한가하게 울고만 있을 수 없다
눈물이 나와도 마음속 깊은 곳에 감추어야만 한다

아버지란 굴레를 누가 씌어 놓았는지 모르나
아내의 남편, 가장으로서의 책임감
사랑스런 자식의 아버지로서 어렵고 힘든 극한상황에서는
가족을 보호해야 하는 숫컷의 본능이 나타났다

아버지도 근엄한 아버지 이전에
감성 풍부한 동심이 있었다

동심의 어린 시절에는 무한한 꿈을 꾸며 살아왔고
청소년 시절에는 꿈 하나로 내일에 대한 두려움도 없었다
청년대학시절에는 뜨거운 열정 하나로 불의와 타협을 하지 않고
정의를 위해서 살아 왔다

그러나 언제가 부터 아버지라는 명칭 하나만으로
누가 얹어 놓은 무거운 짐도 아닌데 두 어깨가 처져 꿈도 접고
예측할 수 없는 내일에 대한 막연한 두려움이 밀려오는 까닭은
무엇일까

아버지의 고뇌는 눈물 보다 더 서정적인 감성이 있고
아버지의 고뇌 속에는 강철 보다 더 강한 부성애가 있다

아버지의 삶은 자식이 대신 갈 수 없는
아버지만이 가야 하는 길이 있고
아버지만이 영원히 감당해야 될 고뇌가 있다

그 것은 하늘만 알고 땅만 아는 아버지의 고뇌이다

아무리 좋아도 좋아 보일 뿐

우리가 사는 세상일이란 아무리 좋아도 좋아 보일 뿐
절대적으로 좋은 것은 없습니다
순간적으로 감동하고 좋아 하여도 뒤돌아서면
또 다른 생각을 하게 되는 것이 우리네 사람의 일이지요

아무리 좋은 여행도 눈을 잠깐 감동 할 뿐이지
진짜 감동은 마음속 깊은 곳에 잔상을 오래 간직할 수 있느냐에
좌우 되지 않을까 생각을 합니다

마음속에 깊은 감동의 잔상을 간직하기 위해서는
대가를 지불해야 합니다
댓가를 치루지 않고 얻는 것은 하나도 없습니다

세상일이란 경험을 해보면 별것 아니지만 경험을 해본 것과
경험 해 보지않은 차이는 엄청나게 다르게 느껴집니다
우리는 가본 길과 가보지 않은 길에 따라 인생이 달라집니다
가보지 않은 길에 대해서는 항상 미련을 갖게 되는 것이
우리네 인생입니다
그래서 언제 가는 가지 않은 길에 대한 미련이 있어
가보려고 하는 속성이 있습니다

막상 가보면 별거 아닌데 하는 마음으로 고생만 했다는 결론을
내리지만 또 시간이 지나면 우리는 가지 않은 길에 대해서는
미련과 아쉬움 속에서 먼저 가본 이들을 그리워합니다

가지 않으면 후회하게 될 길이라면
어떠한 장애물이 있더라도 가야 되겠지요
고난과 지루함을 참고 인내로 버티며
좋았던 순간을 추억으로 간직하며 해 보았다는 경험으로
삶의 현장에서 또 다른 삶을 의연하게 살아가는 힘이
아닐까요

우리는 새로운 삶을 위해서 늘 도전하며 사는 것이
묘미가 아닐까 생각합니다

자유로운 삶

구속이 되지 않고 산다는 것이
얼마나 행복한 삶인가
구속되어 자유롭지 못하여 보아야
비로소 알게 되는 소중한 것들
병상에서 움직일 수 없는 사람이 긴긴 겨울을 지나고
창문 너머로 봄의 소리가 들려오고 봄의 향기가 느껴질 때
얼마나 사뭇 치고 그리울까?

어두컴컴한 교도소 창틀 사이로
한 줄기 햇볕이 얼마나 희망적일까?
탄광 막장이 막혀 생사를 장담할 수 없는
가운데 희미하게 외부 소리가 들려 올 때
얼마나 안도의 마음이 들까?

얽매이지 않고 구속됨 없이 자유로운 삶속에서
사소한것 하나 하나 고맙고 감사한 마음이 새삼스럽게
느껴지는 까닭은 무엇일까?

여행

집을 떠난다는 것 현실을 벗어나는 것
새로운 세계로 새롭게 적응해 나가는 것이 묘미이자 즐거움
아니 고행(苦行) 별천지에서 즐거운 시간도 많이 있지만

보지 말아야 할 것 까지 여과 없이 보아야 하고 때론 아무리 좋은
구경꺼리라도 몸이 피곤하면 만사가 싫어질 때
고통이 시작 되기에 마칠 때까지 인내로 버티는 것이 여행

이것이 인생 축소판 삶을 살아가는 모습 속에서
자연스럽게 배우고 익히는 인생학교 우리는 늘 여행을 통해
새롭게 느끼고 생각해 바람직한 행동 변화 진정한 자유의 삶

무거운 짐들이 필요하지만 짐에 눌려 진정한 여행하지 못하고
질 높은 여행은 최대한 가볍게 자유로운 마음으로 떠나는 것
어떤 상황에서든지 적응하며 행복한 마음
가볍게 이 세상을 떠나기 위한 훈련이 여행이 아닐까

나이가 들면 들수록 여행을 가볍게
잘 떠날 수 있을 때 이 세상이 행복한 삶
아름다운 삶이었다고 하지 않을까 싶네

힘든 귀향

여보시게나 어디 가려고
가기는 어디를 가겠서 무지목매한 놈들 때문에 어디 살겠나
북간도 연해주로 가보려고 이곳 보다 자유롭게 살지 않겠나

여보시게나 어디 가려고
구한촌 살만하게 만들어 놓으니 지들이 살겠다고 하지 않겠나
척박한 신한촌이나 새롭게 개척해야지

여보시게나 또 어디 가려고
우스리크역에 잠깐다녀 올께
자네 어찌된 일인가 그러는 자네는
개 짐짝처럼 화물칸에 실려 가는 곳이 어딜까
우리 엄니 어디 있는지 아는가 난들 알겠는가
우리 애들은 보았는가 난들 알겠나

자네 왜 그런가
노인과 아이들이 아파죽고 굶어 죽었다고 하는가
어쩔꺼나 어찌할꺼나
걱정한들 자네나 내가 어찌할 수 있겠는가

여보시게나 정신 좀 차려 아 추어서 오장육부가 오그라드네
여보게 정신차려 고향산천 등지고 일본놈 피해 자유롭게 살겠다고
북간도 연해주까지 와서 가진 고생하며 살았는디

여그가 어디여 난들 알겠는가 우리 어디로 가는거여 난들 알겠는가
저 사람들은 어디로 가는 거여 난들 알건는가

여기서 다 내리라고 허는가 여기가 어디여
짐짝처럼 화물칸에 실려 40여일 밤낮 추위와 굶줄임속에
6,000키로 달려온 중앙아시아 동토의 땅 황무지
여기서 어떻게 살어 그래도 살아야 하지 않겠는가

손톱이 히어지도록 토굴파고 추위는 피하려고 하지만
아이고 얼어 죽겠네

굶주리고 배고파도 씨앗은 먹을 수 없지 않는가
동토의 땅에도 봄은 오는가비여 씨뿌리고 가꾸어
수확하여 목숨연명하며 살다 보니 이렇게 사는 날이 오기는 허네

여보시게나 눈 떠 고향산천은 한번 보아야 되지 않겠나
그러게 말일세 나는 않되겠네 자네나 꼭 살아서
자유로운 대한민국에 내 유골이나 뿌려 주게나 영혼이라도
자유롭게 고향산천에서 못다한 꿈을 이루어 보겠네

돌아 돌아 돌고 돌아 머나먼 길 돌아
연어가 태어난 남대천 다시 찾듯이 영혼이나마 귀향을 했네

무대 앞과 뒤

우리들의 삶은 무대 위에서 화려함도 있지만
무대 뒤에서 쓸쓸함과 외로움이 있지요
우리들 삶은 명과 암이 동시에 있지요
화려한 무대에서 잘 나간다는 것
지속적으로 잘 나간다는 것은 보장이 없지요

끊임없는 자아실현을 통해서
무대에서 화려함에 도취하기보다
막이 내려진 무대 뒤에서 외로움 적막감 쓸쓸함을
잘 견디어 내어야 합니다

다음 무대를 준비하는 성실한 인내와
노력으로 겸손하게 지탱하느냐에 따라
진정한 삶이 좌우되지 않을까 생각을 합니다
우리는 영원히 모든 것을 다가질 수는 없습니다

마음의 주인은 나

내 마음 속에 평안함이 없으면
아무리 좋은 것들이 내게 있어도
아무런 소용이 없습니다

내 마음이 흔들리면 아무리 큰 지주대가
버티어도 아무런 소용이 없습니다
내 마음이 흐려지면 아무리 좋은 안경으로
보아도 맑아 질 수가 없습니다

내 마음의 주인은 나이기에
늘 깨어 있지 않으면 무너질 수밖에 없는
환경에서 살고 있습니다

이 세상을 쉽게 포기하는 분들은
자신이 가진 값지고 소중한 것들을
사용도 하지 못하고 그대로 나두고 간다는 사실입니다
오늘 하루도 순간순간 굳건하게 살아갑시다

문제를 만드는 자와 해결하는 자

세상에는 문제를 만드는 자와
문제를 해결하는 자가 있습니다
여러분들은 어느 쪽에 속하는지요?

문제는 풀고 해결하기 위함이라고는 하지만
문제를 만들기만 하는 자와 더불어 살면
세상구석 문제 찾기하는데 시간낭비하고 에너지를 소비하겠지요

꿈을 꾸는 것과 꿈을 이루는 것의 차이는
생각과 행동의 차이가 있듯이
문제를 만드는 자 보다는 문제를 해결하는 자를 통해서
세상은 아름다워지고
꿈이 없는 자 보다 꿈을 꾸는 자가 낫고
꿈만 꾸는자 보다는 꿈을 이루기 위해 행동하는 자
문제를 만드는 자보다 문제를 해결하는 자가
세상을 살맛나게 아름답게 만들지 않나 생각합니다

할 수 없다는 것과 있다는 것의 차이

할 수 없다는 생각과 할수 있다는 것의 생각 차이는
우리들의 삶속에서 엄청난 차이가 생기지요
만용, 교만은 하면 안되지만 우리는 도전도 하기 전에
겁내고 포기하는 경우가 많습니다

많은 사람들이 해 보지 않은 미지의 세계는 두렵고 떨리지요
도전에 대한 두려움 공포심으로 포기하는 경우가 많지요
그래서 도전 자체만으로도 쉽게 가는 사람들도 많이 있지요

경기장에서 선수가 시합도 하기전에 기권하는 사람이 많아
경기에 끝까지 참여 하는 것만으로도 동메달을 확보하는 경우와 같지요
어찌 세상일들이 만만하겠습니까?
도전에 대해서 두렵고 떨리기는 누구나 다 같은 마음이겠지요
오늘도 두렵고 떨리지만 도전 해 보려고요
응원 부탁드립니다

두렵고 떨려도 점프대에서 눈 딱 감고 한번 뛰어 내리면
그 다음부터는 공포심이 점차 사라지듯이
우리네 삶도 그렇지 않을까 생각됩니다
언젠가는 자신이 누리고 있는 위치에서 물러나야 된다면
지금부터 아주 작은 도전 연습을 해 보세요.
그리고 할 수 있다고 생각하면 과감히 도전해 보세요

과정이 필요하다

세월은 지나 보아야
세월의 의미를 알고

경험은 해 보아야
경험의 진가를 알고

나이는 먹어 보아야
나이의 소중함을 알고

어디 그저 쉽게 되는 일이
어디 있겠느냐 마는

다 겪을 것 다 겪어야
진정한 삶의 의미를
비로소 알게 되니 말입니다

좌절도 극복하면 자산
고난도 이겨내면 자산
슬픔도 견디어 내면 자산

행복은 어제의 불행을 잘 극복했기에
작은 것도 감사한 마음

진정한 삶

원하는 삶 보다 좋아하는 삶을 살자
원하는 삶은 곱게 늙어가지 못하지만
좋아하는 삶은 가진 것이 넉넉하지 않아도
곱게 아름답게 익어가는 삶이 된다

이제까지는 원하는 삶을 어쩔 수 없이 살아 왔을지라도
남은 삶은 좋아 하는 삶 좋아 하는 마음으로 물 흐르듯이 맡기는 삶

원하는 것과 좋아하는 것의 차이점은
원하는 삶은 내가 언젠가는 준만큼 돌려 받겠다는 마음이 우선이지만
좋아하는 삶은 돌려 받지 않아도 자족하는 삶

원하는 것은 일시적인 것으로 욕망과 욕심 때문에 생기는 것이고
상대에 따라 유동적이다

좋아하는 것은 지속적인 것 내가 손해가 되어도
내가 좋아하기 했기 때문에 헌신할 수 있다

우리들은 그 동안 좋아하는 것 보다
원하는 것을 우선하며 살아 온 것을 부인할 수 없다
오늘부터 원하는 삶 보다 좋아하는 삶으로
가치관이 바뀌면 건강이 회복되고
주변사람들과 관계가 회복이 되고
내가 즐겁고 행복한 삶이 저절로 된다

삶의 경영자는 나

내가 좋은 생각을 하면 좋은 사람과 만남
내 마음이 불량할 때는 불량한 사람과 만남
똥파리가 깨끗한 곳 좋은 환경에서 살 수 없듯이

내 마음이 올바르지 못할 때
나를 힘들게 하는 사람들이 나와 같이 따라붙으면서
삶이 힘들고 고달프게 느껴진다면
내가 지금 불량한 마음이 아닌지

서로 격려하고 힘이 되는 사람들이 많다고 느껴지면
마음의 평정심을 잃지 않고 선한 생각을 하고 있음이요

선한 마음 정직함이 손해 보는 것 같아
평정심이 흔들이는 순간 똥파리들이 몰려든다.

순간순간 삶의 가치 기준을 어디 두고
어떤 마음으로 살고 있느냐에 따라
삶의 결과가 그대로 몸과 마음으로 나타난다

자신의 삶은 자신이 경영하고 만들어 가는 것이다

청춘의 특권 값을 치러야 한다

봄 꽃 향기가 우리들에게
생동감 넘치는 아름다움, 희망을 주기위해서는
혹독한 겨울을 견디어 내어야 합니다

그래서 요즘
봄이 시작 되나 싶었는데
꽃샘추위가 한겨울 추위보다
더 춥고 뼈까지 시려
봄을 포기하고 싶은 것이 솔직한 마음일 것입니다

봄을 맞이하기가 힘들 듯이
봄 중에 봄
청춘
젊은 봄을 맞이하는 것은
더욱 힘든 것은 당연한 것 같습니다

청춘은 젊은이들의 특권을 누리기 위해
대가를 치러야 합니다

진정한 승자

자기만의 색깔, 개성, 특성이 성공을 좌우하며
그것이 독선 아집이 아닌 더불어 함께할 때 진정한 승자가 된다
모든 사람들이 진리라고 믿는 가치를 실현하는 것을
자신의 꿈을 통해 만드는 것이 성공적인 삶이다

승부의 세계는 상대에 따라 승패가 좌우 되는 것처럼 보이지만
자신이 순간순간 집중력을 가지고 충실하느냐에 좌우된다
진정한 승자는 누구를 만나든지 공정한 규칙에 따라
충분히 자기 실력을 발휘할 수 있느냐에 따라 좌우 될 뿐이지
상대가 허술하기 때문에 이기는 것은 행운일 뿐이다

자신과의 싸움에서 이기는 자가 최종 승자이다
내 자신이 무너지면 상대는 행운을 얻는다
진정한 승자는 경쟁이라는 과정을 통과 할뿐
결국 자신과 싸움에서 이기는 자이다
패자 또한 상대 때문에 패자가 되는 것이 아니라
자신이 약하고 자신이 해결할 수 없는 문제가 있기 때문이다

승자는 상대를 이기는 짧은 시간동안 결과가 보여 질 뿐이지만
보여 지지 않는 부단한 노력과 훈련 연습이
자연스럽게 배어 나온 표현이다

지탄받고 야유 받는 야비한 승자보다 아름다운 패자가 되자
최선을 다하는 패자는 아름답다

우리가 사는 세상에서 눈물 나게 멋지고 감동을 주는 순간은
승패가 아니라 악조건 속에서도 자신이 가지고 있는 능력을
모두 쏟아내는 성실한 모습이 모든 사람들의 눈에
아름답게 보여 지고 느껴지고 감동을 주게 된다

영원한 승자도 영원한 패자도 없다
고로 자기 자신에 대해서 먼저 성실하고
더불어 주변 사람들에게 성실한 자세로
끝없는 도전과 응전을 해야 한다

인생을 찾아 희망을 찾아

희망을 찾아
꿈을 찾아
인생을 찾아
어제의 지친 몸을 이끌고
오늘도 힘차게 나간다.

어제도
오늘도 제아무리
힘들고 어려운 고난이
내 앞에 있을지라도
내일의 희망을 향해서 나갈 때
희망을 꺾지는 못할 것이다

굳은 신념과 의지로 나갈 때
내 앞길을 가로 막지는 못할 것이다
희망을 찾아
꿈을 찾아
힘차게 나가자

4장

행복 한 삶

참 자유 행복감

내 것에 대한 집착으로부터
자유를 느끼는 날이 내 자신이 가장 편안 해지고
행복함을 느낄 수가 있지 않을까 생각됩니다

인간이 행복해 지기위해 내 것을 많이 소유하려고 하지만
역설적으로 지나치게 내 것으로
만드는 과정에서 적을 만들고
누가 고통을 주기보다 스스로 힘들어
고통을 느끼고 아파하지 않을까 생각을 합니다

자본주의 사회에서 살기위해 어느 정도는
있어야 하지만 능력 이상 오버하여 내 것에
집착하여 영원히 고통을 받는
삶이 되지 않을까 생각을 합니다

몸과 마음을 스스로 컨트롤하고
통제 조절하지 할 수 있는 만큼만 내 것이고
나머지는 내 것이 아니다고 생각을 하며
편안하게 살면 행복한 삶이되어지지 않을까 생각합니다

동행

삶 속에서 함께 더불어 살고 있는 지인들
지구상 수많은 사람들 가운데 인연을 맺고
살고 있는 고마운 분들
때론 울며 부대끼는 삶도 있지만
그들의 잘못이기보다 내 마음을 스스로 조절하지 못하여
그들의 마음을 움직이지 못한 나의 잘못이다

동행해서 불편함 보다
동행하지 않아 겪는 외로움이 크다는 것을
알면서도 이기심 때문에 외톨박이 외로운 삶

우리네 삶이 유한하기에 좋은 관계로
영원히 동행하고 싶어도 유효기간이
언제인지 알 수가 없는 것이 우리네 인생
울며 부대끼어도 나의 이기심을 조금 누르고
배려와 소통으로 동행할 수 있는 데까지
동행하는 삶이 이 세상을 살다간
작은 아름다운 삶의 흔적이자
성공적인 삶의 기준이 되지 않을까

여행의 참맛

여행을 통해서
여행지 새로운 것들을 보고
느끼는 것들도 중요하지만
여행을 마치고
조용히 여행을 정리하고 삶을 뒤 돌아 보며 남은 삶을
아름답게 설계하는 맛도
그리 나쁘지 않는 것 같았습니다

늘 바쁘게 살아오다보니
한가하게 조용히 사색하는 시간이
많이 있지 못한 것이
우리네 팍팍한 삶이 아니었나 생각이 듭니다

어쩌다가 시간을 내어
허겁지겁 빡빡한 여행일정을 하다 보면
심신이 극도로 피곤하여
여행의 즐거움 보다 지치고 힘들어
나가떨어지는 경우가
대부분이었던 것 같습니다

욕심을 부려 여행을 멀리 떠나는 것도 의미가 있지만
많은 것을 기대하고 너무 멀리 힘들게 하다 보면
지치고 힘들어 여행의 참 맛을
느낄 수가 없을 것으로 생각이 됩니다

일상 속에서 짧은 토큰 여행 혹은 삶의 현장에서
여유로운 마음으로 산책을 하며
공기의 고마움과 지병 하나쯤은 있지만
그래도 건강하게 걷고 먹고 싶은 것 먹고
감사함을 느껴짐으로서 행복한 미소가 지어지는 것이
참다운 여행이 아닐까 생각합니다

사랑하는 가족, 지인들, 동료 선후배님들과
편안한 마음으로 일상을 잠시 접고 삶의 현장에서
가까운 가을 들녘을 돌아보며 서로의 존재만으로도
감사함을 느낄 수 있는 토큰 여행은 어떠하시는지요?

우리네 소시민들은 작은 여유 속에서
편안한 마음으로 행복을 느끼는 삶이
여행의 참맛이 아닐까 생각합니다

여유로운 삶

행복한 삶이란 타고난 것이 아니라
만들어 가는 것이 아닐까 생각합니다

지치고 힘들 때 긴 호흡을 하면서
먼 하늘 저편을 잠시 바라보는 여유
쫓기는 듯 한 업무 잠시 멈추고 차 한 잔 하는 여유
조금 덜 자고 일찍 출근하면서
짧은 시간 공원산책하며 하루 일과 준비하는 여유
우리 삶의 진정한 여유는 삶 속에서
잠시 잠깐 순간을 즐기는 삶이
여유가 아닐까 생각합니다

많은 것을 가지고 있어서
지위 능력 학력이 높아서
삶의 조건이 좋아서도 그럴 수 있겠지요

가진 것 다 가지고 살면서도
죽는 소리 부정적인 사고
세상 불행은 혼자만 겪는 것처럼 사는 사람
만족함이 없고 늘 욕심만 가득한 사람
무엇으로 설명할까요?

오늘 아침 눈을 뜨게 하심을 감사
출근할 곳이 있어서 감사
출근 버스에서 산과 들을 볼 있어서 감사

퇴임하면 특별한 일은 없겠지만
그래도 아무 것도 준비 되어 있지 않은 백지 상태이기에
희망과 꿈을 가지고 도전을 해 볼 수 있는
가슴 설렘 뜨거움이 있어서 감사

늙어가기에 이곳저곳 아프지만 죽을병이 아니어서 감사
오늘도 소시민들은 가진 것이 없기에
잃을 것도 없어 여유로운 마음으로 잘 살아 가렵니다

늘 깨어 있어야 명품 인생

늘 깨어 자신의 인생을
가치 있는 명품으로 만들어 가면
진정으로 성공할 수 있는 삶의 기회는
많이 있지 않을까 생각됩니다

누구 때문에가 아니고 나 때문에
나의 행복과 불행한 삶이
좌우 되지 않을까 생각을 합니다

기회는 지금부터
내가 어떻게 세상 모든 사람들과
합리적 객관적으로 조화로운 삶이 되느냐에 따라
기회는 얼마든지 있기 때문이지요

자신이 살고 있는 현재 주변사람들과는
어떠한 경우에도 적으로 만들지 말고 우군으로 만들어
지지와 성원 속에서 명품인생임을 보증 받을 때
비로소 자신의 꿈을 주변 사람들이 이루어 줄 것입니다

자기 혼자 사는 세상이
아니고 더불어 사는 세상이기 때문이겠지요

보이지 않는 손길에 감사

지금 나에게 주어진 여건, 환경과
행복한 가정, 사회적 지위, 역할에 대해
아름답게 행복감을 누리며
늙어가는 꿈을 꾸며 살 수 있을까?
가슴 뛰는 마음으로 희망을 가져 볼 수 있을까?
비굴하지 않는 당당한 노년의 삶을 준비하며 살 수 있을까?

젊은 날 어렵고 힘든 가정환경
사회적 약자로 살아가면서
쉽게 포기하고
쉽게 유혹되고
쉽게 행동할 수 있는 마음, 환경
함부로 판단하고, 결정하고
중죄인 살인자가 될 수 있는 환경이었지만

순간순간 보이지 않는 손길
주님의 도움이 있었음을 진심으로 감사
어머니의 헌신적인 자식 사랑 감사
포근하고 안정된 사랑의 가정을 만들어준 주님께 감사

행복

나누고 싶은 것 있을 때 나눌 수 있고
주고 싶은 마음이 있을 때 줄 수 있고

언제든지 보고 싶은 사람보고
욕심내지 않고 먹고 싶은 음식 먹고

기쁜 마음으로 하고 싶은 일 하며
마음 비우고 즐겁게 살면 그게 바로 행복이라고 하는데

순간순간 어떤 유혹도 흔들림 없이 몸과 마음을 내려놓고
의연하게 살아갈 때만이

행복은 가능하지 않을까!

5장

자족하는 삶

아픔을 겪지 않고 그러려니 할 수 있다면

아픔, 시련, 고통, 좌절을
겪지 않은 상태에서 그러려니 하는
달관의 경지에 도달할 수 있으면 얼마나 좋을까
저 같이 부족한 사람은 겪을 것 다 겪고
지칠 대로 지쳐 기진맥진한 상태에서
그러려니 하고 살게 되는 것 같습니다

저의 삶 40대까지 솔직한 마음을
정확하게 고백하자면
모든 일들을 예민하게 과잉 반응하여
주변 사람들과 부딪힘 속에서
상처를 주고받는 일이 많았습니다

까칠하게 과잉 반응을 하면 할수록
악순환으로 몸이 망가지고 상하여
위장 천공 각혈로
무척 고생을 많이 했습니다

지금도 조금만 신경 쓰면 증상이 서서히 나타납니다
아픔을 겪는 동안 통증이 심하여
이대로 가면 죽겠다는 생각에
큰 마음 먹고 하나하나 내려놓기 시작하니
몸이 회복되고 마음이 편안해지기 시작했습니다

마음이 편안하니
주변 사람들과도 관계가 좋아지고
진정으로 소통이 되기 시작했습니다

소통이 되니 모두가 나를 인정하고
이렇게 20여년 세월이 흐르게 되니
나의 모습이 완전히 바뀌어
오늘 나의 모습 속에서 까칠한 성격, 상처 주는 말로
늘 불안하게 하며 주변 사람들을 힘들게 했던
모습이 자연스럽게 없어지게 되니
긍정적인 마인드, 편안한 마음,
밝은 미소의 얼굴 표정이 되었습니다

아픔을 겪지 않고
그러려니 할 수 있다면 얼마나 좋으련만…
조금 더 일찍 헛고생을 덜하고
삶의 진정한 의미와 원리를 알 수 있었다면
얼마나 좋았을까
아픔과 고통이 있었지만
그래도 이쯤에서 헛고생을 덜하고
삶의 진정한 의미와 원리를 알고
순응할 수 있는 은혜를 주신
주님께 진심으로 감사드립니다

후회 없는 삶을 위하여

젊은 날
목적의식, 목표 지향주의 삶
남들을 너무 의식하는 나머지
피 마르고 긴장, 예민하여 위장병
날카로운 성격 주위 사람들을 피곤하게 한 삶

나이 들어가면서
끝없는 욕심으로 인하여 추락하는 삶
몸의 이상 징후를 통해서 중병으로 가는 예비신호
내려가는 삶을 보면서 겸손과 배려 여유를 알게 된다

겸손과 배려 여유를 알게 한
부천혜림학교장으로서 삶
욕심을 부린 만큼 자신도 모르는 사이
서서히 병 들어감을 알게 되고
그러기에 겸손한 마음으로 자신을
뒤돌아보는 삶이 된 부천혜림학교

자족할 수 있어 감사한 삶
만족할 수 있어 행복한 삶
희망을 바라볼 수 있어 힘찬 삶

내 삶의 아름다운 기쁨

진정으로 얻고 구해야 할 것
참으로 찾고 다듬어야 할 것
타고난 멋
노력으로 만든 멋
우리네 삶 멋 내고 꾸밈이 필요하다

그러나 멋만 있으면 가식적인 삶
아름다움
내면의 아름다움
외면의 아름다움

멋에 아름다움이 더해지면 성숙함
멋에 아름다움 그리고 성숙함이 더해지면
향기롭고 달콤한 능숙미
능숙미는 뜨거운 햇볕 찬 서리 비바람을 견디고
익은 달콤한 홍시와 같은 삶

우리들의 삶은
멋 아름다움 성숙미에
능숙미까지 갖추질 때 진정으로
자유로운 삶 영원이 깨어 있는 삶
완숙미는 맑고 깨끗한 영원의 삶

삶을 가볍게

벗자 욕망의 옷
명예의 옷
권력의 옷
껍질을 벗자

벗고 싶어
완전히 벗고 싶어
머무적 머무적 거리고 있을 때
부르시고 있네
손짓 하시고 있네
오라하시네
허겁지겁 가네
그대로 때가 오고 말았네

이별한다 말도 못하고
육체의 껍질 벗어놓고
영원한 나라로 가버렸네

우리는 언제 어디로 어떻게 어느 때 갈지 모르니
항상 준비되어 있다가 언제든지 오라하면
가벼운 마음으로 쉽게 가자
다행히 오늘도 내일도 모래도 오라하시지 않으면
감사하며 가볍게 살자

고마워요

고마워요
영원히 잠들지 않고 오늘 아침 기쁜 마음으로 눈을 뜨게 하심을

고마워요
작은 소일거리 일지라도 움직일 수 있는 건강 주심을

고마워요
망령되게 늙어 가는 것이 아니라 삶의 이치를 조금씩 알고 철들어 감을

고마워요
나와 더불어 동시대에 생명의 시간을 공유하며 함께 살고 있음을

고마워요
예측할 수 없는 하루 무사히 마치고 편안한 잠자리 눈을 감을 수 있음을

끝없는 욕망과 탐심이 나도 모르는 사이 힘들게 할 때도 있지만
그래도 이것저것 고마운 일 감사할 일이 많은 삶인 것 같아

진심으로 감사하고 고마워요

버려야 할 것들

내가 버려야 할 것들 나이 50이 넘어서까지 간직하고 버리지 못하고
무심코 의식 없이 간직하고 있는 것들
생각은 있으나 오늘 내일하며 버리지 못한 것들
버려야 하지만 욕심 때문에
버려야 하지만 나의 이기심 때문에
단절해야 하지만 욕심 때문에
단절해야 하지만 나의 이기심 때문에

지금 버리지 못하면 죽음 앞에서 어쩔 수없이 버려야 하는데
그렇게 되면 얼마나 초라할까
무덤 속에 들어가면 어쩔 수없이 단절 되는데
그렇게 되면 얼마나 망신스러울까

부끄럽지만 줄 것 주면서 살자구나
용기 없지만 줄 것 주면서 살자구나
아깝지만 줄 것 주면서 살자구나
귀하지만 줄 것 주면서 살자구나
알고 보면 내 것도 아닌데

알고 보면 어찌할 수 없이 줄 것 인데
가지고 있어 보아야 속 보이는 짓인데
가지고 있어 보아야 망신스런 짓인데
그렇게 안달복달 해보아야 큰 변화 없는데

그렇게 치사한 짓 안하여도 될 일은 되는데
그렇게 욕심 부리지 않아도 순리대로 되는데

자족하는 마음이 성공적인 삶

옛날에는 못 먹어서 생긴 병들이 많았지만
요즘은 많이 먹고 절제하지 못해 생긴 병
풍족한 시대 불편 없이 살 수 있는데도
더 많은 것을 얻기 위해서 적을 많이 만들어
스스로 힘들어 하고 스스로 침몰 되어가는 삶

과욕 때문에 패가망신하는 삶
누가 무너뜨리는 것이 아니라 스스로 무너지는 삶
자신을 이기고 자족할 줄 아는 마음
가슴 따뜻한 꿈을 꾸고 이루는 사람
어려움 속에서 배려와 소통할 줄 아는 사람
가진 것이 있으나 없으나 한결같은 생각
풍요로운 마음이 성공적인 삶이 아닐까요?

함께하기에 행복한 사람

우리들의 삶이 좋아서라기보다
늘 반복되는 초라하고 지루한 일상 속에서
마음과 생각이 통하여
작은 것에도 웃음을 나눌 수 있는
소중한 사람들을 곁에 두고 함께 있을 수 있으니
행복해 할 수 있었습니다

오늘 하루가 좋은 조건이라서가 아니고
하루하루를 시행착오와 실수로 이어가지만
믿음과 애정으로 어떤 일에도
변함없이 나를 지켜봐 주는
가족이 있었으니 행복할 수 있습니다

더 많은 관심과 사랑받기를 갈망해
질투와 욕심으로 상심하는 날들이 많지만
누구보다 나를 아껴주고 이해해 주는
사랑하는 특수교육 동지들이 있음에
행복할 수 있습니다

이 많은 것을 받기에는 부족한 나이지만
묵묵히 힘이 되어주고 사랑으로 안아주시는
소중한 저를 아는 지인과
특수교육동지들이 곁에 있었기에
행복할 수 있습니다

학교장으로서 짧은 기간이지만
더 이상 욕심 부리지 않고 과감히 명퇴를 하고
남은 삶이 초라하게 전개될지라도
내가 내 멋에 살아갈
존재의 이유가 될 것 같습니다

자신이 자신에게 응원하는 삶

나이가 들어 갈수록 외로워지고
겨울이 다가 올수록 몸과 마음이 추워지고
세월 앞에 장사 없고 육신은 늙고 초라해집니다

이 세상에서 가장 존중받고
인정받아야할 사람은 내 자신입니다
내가 내 편이 되어 주어야 합니다
내가 나를 응원하지 않으면 누가 나를 지지해 주겠습니까?

내가 나를 사랑 해 주어야 합니다
꿈을 이루려면 자신이 자신에 대한
지지와 믿음이 있어야 한다고 합니다

좌절 극복의 묘약, 가슴 뛰는 꿈의 에너지는
내가 나에게 응원해 주는 일입니다
자신을 사랑하고 자존감을
극대화시키는 이유는
내가 내편이 되어
지지응원 사랑받은 그 힘과 열정으로
주변에 나이 들고 병들어
세월 앞에 약해진 분들께 용기를 주고
배려와 소통을 하기 위함입니다

6장

지혜의 삶

저녁 붉은 노을이 아름다운 까닭

동녘에 힘차게 떠오르는 일출이 하루의 시작 희망을 주지만
산기슭에 석양 노을이 붉게 물들어 장관을 이루는 짧은 순간
경건한 마음으로 숙연해지는 까닭은 무엇이며
어머니의 따뜻한 품안처럼
편안하고 안락하여 잠이 스르르 오는 이유가 무엇일까?

하루를 열심히 살다가 하루 일과를 마치고 집으로 돌아가는 마음
일주일을 마치고 주말을 맞이하는 마음
1년을 숨 가쁘게 살아오다 마무리하고 다음 해를 기다리는 마음
젊음의 뒤안길에서 모든 것을 내려놓고 욕심 없는 여유로운 마음
우리들의 노년을 이런 마음으로 맞이하고
백세 인생 삶이 되면 어떠할까?

이제는 무엇 하나 욕심대로 하면서
살 수 있는 여건도 환경도 아니기에
먹는 것 입는 것도 최소로 빈티나지 않게 입고
다이어트하지 않을 만큼 먹고
학처럼 고고하게 살아지길 바라며
저녁놀 황혼을 즐기며 살고 싶다

소중한 삶의 동지

잔잔하게 흐르는 시냇물 같은 삶
따뜻한 마음 한 줄기가 고요하게 가슴으로 흐르는 삶

매일 만나도 매일 만나지 않아도 가까이 있든 멀리 있든
고요히 흐르는 강물처럼 늘 가슴 한편에
말없이 잔잔한 그리움으로 밀려오는 삶의 동지들
언제나 그 자리에 늘 그 모습 그 대로 오염되지 않는
맑고 맑은 샘물처럼 우정의 마음도 솔솔 솟아나는
그런 삶을 함께 살아가는 삶의 동지
나를 늘 깨우는 맑은 영혼입니다

삶을 공유하는 동지 간에는 어떤 언어가 필요 없다
그 동지가 지금 어떤 상황이든 어떤 심정이든 굳이 말을 안 해도
가슴으로 느낄 수 있는 동지, 가슴에 담아져 있는 동지,
그런 동지가 진정한 마음의 삶을 공유하는 삶의 동지이다

마음을 담아 걱정해 주는 따뜻한 말 한마디가 얼어붙은 가슴을 녹이고
바라보는 진실한 눈빛이 아픈 마음을 적시게 하는
그런 동지가 영원히 변치 않는 삶 우정의 동지이다

삶을 살아가는 동안 같이 아파하고 함께 웃을 수 있는
삶의 진정한 동지가 되어 100세 시대 남은 긴 세월을
서로가 외롭지 않게 살아갔으면 좋겠다

사랑은 옹달샘

사랑은 옹달샘과 같아서 퍼 주지 않으면
그대로 고여서 썩고 병들어 버립니다
옹달샘 약수처럼 사랑은 퍼 주면 줄수록
더욱 깊은 사랑, 아름다운 사랑이 우러납니다

옹달샘 물처럼 퍼내야 좋은 물이 나오듯이
진정한 사랑은 내 안에서 밖으로 표출되어야
맑고 깨끗한 마음의 사랑이 자연스럽게 흘러 넘쳐
주변 사람들에게 전달되지 않나 생각합니다

사랑을 받으려고 하는 갈급함이 내 안에 있듯이
우리 주변 사람들도 사랑에 갈급함이 있습니다

작은 사랑이라도
보잘 것 없는 것처럼 보일지라도
내가 먼저 손 내밀고 내가 먼저 주다 보면
옹달샘 약수처럼 맑고 깨끗한 아름다운 사랑이
넘쳐 흘러나오지 않나 생각됩니다

인생도 관리를 잘 하면 값진 자산이다

우리네 삶을 살다보면 고난의 삶
슬픔의 삶 견디기 힘든 삶속에서 유혹도 많고
절망하기 쉽지만
잘 버티어 냈기에 자산이 되는 것 같습니다

그 동안 살아 온 삶이 만만했으면
자산이 될 수 없었을 것입니다
누구나 쉽게 갈 수 있고 쉽게 할 수 있는 일들이었으면
자산으로서 가치가 있었을까요?

우리 부모님 그리고 인생 선배들이
곡예 같은 삶속에서도 중심을 잘 잡고
순간순간 유혹 속에서도
바른 판단과 결정을 한 결과가 아닐까 생각합니다

우리가 후손에게 물려줄 값진 유산이자 인생 자산은
어렵고 힘든 가운데도 한순간 한 순간
자신의 삶 경영을 잘 하여
자신에게 주어진 한 과정, 하나의 일들
마침표를 잘 찍고 훗날 자신의 삶을
뒤돌아 볼 때 인생에 아름답고
값진 무형의 자산이 되어 있지 않을까 생각합니다

고품격 명품인생

남의 인생 쫓아 헐떡이며 살지 말고
내 인생 분수 지켜 여유 있게 살자

아무리 좋은 명품 옷이라도
내 몸에 맞지 않으면 내 옷이 아니듯이

남의 인생이 제 아무리 좋아도
교훈 삼아 내가 잘 살지 않으면
아무 소용없다

명품 인생은
자신 스스로 혹독한 훈련과
절제를 통해 가다듬어
늘 깨어서 거듭나 찌들지 않고
실현 고통으로 느끼지 않으며

자기만의 희열 기쁨 희망찬 모습이
자신의 몸과 마음에서
자연스럽게 표현 되고 느낄 수 있을 때
명품인생이 될 것이다

찢어진 누더기 옷을 입어도
자연스럽고 어울려 패션모델처럼 느껴질 때
고품격 명품인생이 되지 않을까

오늘 하루 우리 부족하고
연약해서 늘 실족하여 좌절하고 힘들어도
조금 여유로운 마음으로 양보하고

서로 격려와 배려로
서로가 서로에게 힘을 주어
희망을 가지고 소외된 자 없이
모두가 함께
성장하는 고품격 사회를 만들어
고품격 명품인생을 살아가자

가장 귀한 시간은 지금

가진 것이 있는 자나 없는 자
우리들의 오늘 지금은 어떠한지요?

삶의 여정을 지나는 과정에서
슬픔과 고난 그리고 순간의 기쁨과
감동은 눈 깜짝할 사이에 지나가버립니다

바로 이처럼 삶의 많은 귀하고 값진 시간을
잃어버리는 이유는 미래에 대한 지나친 기대와
과거에 대한 향수 때문입니다

지금 주어진 여건을 있으면 있는 대로
없으면 없는 대로 인정하고 자족하면
지금 순간순간이 행복하고 귀함을 알 수 있는데

우리들의 삶 속에서
시간이 있으면 돈이 없고
돈이 있으면 시간이 없다고 불평합니다
대개 돈도 있고 시간도 있는 경우에는
건강이 허락지 않습니다

대부분의 사람들이 미래를 걱정하느라
현재 자신에게 주어진

값진 것들이 안중에도 없습니다

오늘 지금 가진 것은 소홀하면서도
내일을 기대하며 내일이 오면
또 다시 과거에 연연합니다

우리들의 오늘 지금 현재는 어디 있는가?
과거는 유효기간이 지난 휴지조각에 지나지 않으며
미래는 아직 발행되지 않은 어음일 뿐입니다

그래서 언제나 사용 가능한 지금
현금적인 가치를 지닌 것은 오직 현재!
바로 지금 순간순간 뿐입니다
가장 귀한 시간 지금을 사랑합시다

인정해 주는 삶

잘난 사람은 잘 난대로
인정하며 살게 하는 것이 어찌 문제가 되겠는가?
내가 시기질투 한들 무슨 소용이 있겠습니까?
시기하면 나만 치사한 사람이 되고 서글퍼지는 것 이지요

내가 부족하고 연약 하여도 남의 잘남을
인정할 수 있음은 얼마나 다행인지 모르겠습니다.
잘나지도 못하고
아무런 쓸모 짝이 하나 없으면서 시기 질투나 하면
어디에 가서 밥 한 끼니 구걸하여 먹을 수나 있겠는가?

나에게 다행스런 일은 잘난 사람은
잘 난대로 인정할 수 있음이 얼마나 다행인지 모르겠습니다
나에게 그 남아 조금은 쓸모 있는 사람이 되는 까닭은
잘난 사람을 잘 난대로
인정하는 것이 아닐까?

내가 잘난 사람 잘 난대로 인정하는 까닭은 내가
더 이상 상처 받지 않기 위함이요
내가 당신을 인정하고 진정으로 사랑하는 마음은
당신 때문에 불행하지 않기 위함입니다
내가 당신의 잘남을 인정하는 순간
나도 잘날 수 있는 가능성이 있는 것입니다

7장

곱게 익어가는 삶

하나 잃고 더 많은 것을 얻는 삶

우리는 많은 것 중에 하나를 잃은 것으로 생각하지 않고
잃어버린 하나가 전부라고 생각하고 살아가는 것이 아닐까?

물론 우리에게는 무엇 하나 소중하지 않는 것이 없다
이미 잃버린 것은 어쩔 수가 없는 상황이 되어버린 운명

하나 잃어버린 것 보다 또 다른 많은 것을
얻을 수 있는 축복의 삶으로 생각하면 어떨까?

나는 찢어지게 가난해서 어린 시절 추억을 송두리째 잃었지만
청년 중년 노년을 아름답게 살 수 있어 감사한다

물론 부모님 보호 속에서 살아도 부족할 어린 시절
감당하기 어려운 상황이었겠지

지나고 보니
견디고 보니
살만한 세상도 오더라고
말할 수 있어 감사한다

생각이 바꾸면 삶이 바뀐다

좋은 일이 생겨서 웃는 것이 아니라
웃으니까 좋은 일이 생긴다

넉넉해서 나누는 것이 아니라
나누니까 넉넉해진다

예뻐서 사랑하는 것이 아니라
사랑하니까 예뻐 보인다

친구라서 믿는 것이 아니라
믿으니까 친구다

잘하니까 칭찬 하는 것이 아니라
칭찬하니까 잘한다

충분해서 만족하는 것이 아니라
만족하니 충분하다

가능한 일이기에 시작하는 것이 아니라
시작하면 가능해진다

젊기에 도전하는 것이 아니라
도전하기에 젊어지는 것이다

세상이 달라지니 생각이 바뀌는 것이 아니라
생각을 바꾸면 세상이 달라진다

세상만사 마음먹기에 따라
달라지는 것이다

곱게 물들어 가는 삶

나이 들고 세월이 흘러가면 지난날의 영광은
모두 마음속 깊은 곳에 접어두고
묵묵히 덕스러운 말 겸손한 마음과 행동만이
사랑 받는 비결이다

그렇지 않고 지난 날 영광스러운 말들만 한다면
주책없는 노인 소리 듣지 않을까

늘 깨어 묵상하며
늘 생각하며 상황에 맞는 적절한 말인지
진정으로 필요한 소통을 하고 있는 지
진정으로 필요한 배려를 하고 있는지

내가 주변 사람들과 조화롭게 상처받지 않고
질 높은 삶을 살아가고 있는지
늘 생각하며 살아갈 때
인생이 곱게 아름답게 물들어 가지 않을까?

남은 길

남은 여분의 길이
행복할 수 있는 삶은

좋아하는 일
잘할 수 있는 일
하고 싶은 일

세상을 조금이라도 이롭게 할 수 있다면
목표가 아닌 즐거움으로 갈 수 있는 남은 길

남은 길 하루가 지나고 또 다른 아침을 맞이하면
또 다른 하루를 선물로 주심을 감사
절대자께서 주신 소명의 남은 길

성공한 사람

성공한 사람은 뛰어난 재능과 능력이 있어서라기보다는
주변 사람들의 능력과 재능을 활용할 수 있는 사람이다

힘센 장사를 자기 힘으로 이길 수 없듯이
성공한 사람은 상대 힘 지혜 능력을 이용하여 이긴다

원수 같은 적도 필요한 사람이라면
자기 사람으로 만들어 원수관계를 풀어야 한다

성공한 참 지도자는 사람을 다루는 용인술이
보통 사람들의 생각을 뛰어 넘는다

자기 능력과 재능으로는 50% 성공은 할 수 있다

자기 능력과 재능에 주변 사람들의 능력과 재능을 함께 하면
100% 성공할 수 있지 않을까

소중한 삶

정신 줄 놓아 버리면 슬퍼할 가족 있겠지요
안타까워할 지인들 있겠지요
그것도 잠시 받아들이겠지요

모든 책임 있는 일과 권한은 포기해야 하겠지요
그리고 내 의지와 상관없이 이리 저리 끌려 다니겠지요
그러다 한 순간 방심한 어디로 사라지면
가족들이 애달아 찾겠지요
계속 반복되면 시설로 보내겠지요

삶의 가치는 실종되고 죽음으로 끝이 나겠지요
그 것이 세상 이치고 순리이기에 누구를 원망하고 탓하겠는가

그저 건강한 삶 정신 줄 놓지 않는 삶이
전개되길 기도할 뿐 이지요

마음 둘 곳 놓아 버리면
삶의 애착 놓아 버리면 않되니
끝까지 정신 줄 잡고
매달려야 하지 않을까요

풍요 속에 빈곤한 삶

좋은 시대 발전된 대한민국 배고픔 없는 삶
물질적 풍요 속에서 정신적 빈곤으로 소외된 자들의
불특정 다수를 대상으로
하루가 멀다할 정도로 잔인무도한 살인 사건들

못 입고 못 먹어서 생겼던 병들은
사라진지도 모르는 사이 없어지고
잘 입고 잘 먹어서 생긴 병들만 생겨서 문제가 되는 시대

개인주의 이기적으로 자신만 생각하는 대한민국
어디로 갈지 어떻게 살아야 잘 사는지

어떻게 주변 사람들과 조화로운 삶을 살아야 잘 살고
서로가 인정하고 인정받는 사회가 될지

오늘 하루도 주님께 편안하신 하루가 되길 기도 합니다

누구나 한 가지는 줄 수 있다

부족함이 많은 사람이지만 우리 함께 해요

능력이 부족하지만 함께 해요
아픔과 고난이 있지만 함께 해요

나 하루하루 연명하는 삶이지만
미소 짓는 얼굴을 보여 줄 수 있습니다

나 세상을 볼 수 없는 시각장애인이지만
위로의 말은 할 수 있습니다.

나 듣고 말할 수는 없는 청각장애인이지만
볼 수 있는 눈이 있어 시각장애인을 안내할 수 있습니다

나 지능이 부족한 정신지체 장애인이지만
욕심 없는 마음으로 즐겁고 행복한 모습을 보여주고
웃음을 줄 수 있습니다

우리는 아무리 줄 수 없는 사람이라도
찾아보면 한 가지는 줄 수 있습니다
지금 자신이 최악이라 생각이 되면 함께 해요
절망 넘어 희망이 숨어 있으니까요

더불어 함께 살지요

꽃이
햇볕 공기 물이 있어야 하듯이

사람은
사랑으로 살고

사람은
정으로 소통하고

사람은
격려로 성장하고

사람은
인정 받기위해 산다

사람은
사람과 사람 사이에
흐름이 있어야 한다

흐름이 막히면
병이 된다

내 마음의 거울

어린아이의 미소가 아름다운 건
그대 안에 동심이 있기 때문입니다

해맑은 아침햇살이 반가운 건
그대 안에 평화가 있기 때문입니다

떨어지는 빗방울 소리가 듣기 좋은 건
그대 안에 여유가 있기 때문입니다

하루 하루가 늘 감사한 건
그대 안에 겸손이 있기 때문입니다

세상은 그대가 바라보는 대로
그대가 느끼는 대로 변하는 것

모든 것은 그대로부터 비롯된 것이니
누구를 탓하고 누구에게 의지하겠습니까?

오늘 마주친 사람들이 소중한 건
그대 안에 존경이 있기 때문입니다

그대의 삶이 늘 향기가 나는 건
그대 안에 희망이 있기 때문입니다

할뿐

비우고자 하지만 비워지지 않는 것이 마음
내려놓고자 하지만 내려놓아지지 않는 것이 마음

비우고자 하면 더 복잡해지는 것이 마음
내려놓고자 하면 더 혼란스러워지는 것이 마음

그저 할뿐이지
살아 있는 자체가 내려놓지 못함

그저 할뿐이지
존재하는 것 자체가 마음을 비우지 못함

그저 할뿐이지
마음을 비우고
마음을 내려놓으려고 할뿐

우리가 살아 있다는 것
무념무상 정지된 상태가 아니기에
유혹을 뿌리치지 못하지요

남이 하면 죄인
내가 하면 의인이 되고 싶은 것 뿐 이지요

헐렁한 나사

나 혼자 잘 살아 보려고 한들 무슨 소용이 있겠는가?
나 혼자 살 수 없는 세상

나 혼자 잘난 척 한들 무슨 소용이 있겠는가?
관심을 가어 줄 사람 없다면

나 혼자 부지런 한들 무슨 소용이 있겠는가?
함께 할 동역자가 없다면

거룩 거룩한들 무슨 소용이 있겠는가?
혼탁한 세상에 물들어 벗어 날 수 없는데

착한 척 한들 무슨 소용이 있겠는가?
옹고집쟁이로 얼굴에 쓰여 있는데

나이 많이 먹어 세상
풍부한 경험 지식이 많이 있은 들 무슨 소용이 있겠는가?
자기 가치 생각이 많고 굳어져
다른 주변 사람들과 타협을 하지 못하는데

어린 아이는 자기 생각이 없기에 누구든지 함께 할 있다
헐렁하게 나사가 빠진 듯이 사는 것이 행복한 삶이 아닌지요?

조금은 어설퍼 보이는 것이
정감이 느껴지지 않는지요?

내가 줄 수 있는 것

나이가 들면 들수록
마음도 굳어지고 얼굴 근육이 굳어져 미소를 잊고

미소를 잊으니 분노가 가득한 듯이 보여
주변 사람들과 불편한 관계가 되고

불편한 관계가 되니
외롭고 고독한 노인이 되고

심술 사나운 노인으로 늙어 가기보다
아름다운 황혼의 저녁 노을 처럼
경건하고 온유함 깊은 맛나게 익어 가는 삶

내가 마지막까지 줄 수 있는 것은
여유로운 마음 굳어져 가는 얼굴
근육을 풀어 주고 밝은 미소를 짓는 것
나이 들면서 모든 것을 잃어가지만
정신 줄과 미소는 잃지 않고 살길

오늘 이 순간

어제는
어둠의 긴긴 터널
끝이 보이지 않는 절망
고립된 외로운 섬
천둥 먹구름

오늘은
아름다운 세상
희망의 세상
긍정의 마음
우리들이 보이고
나의 존재가 보이네

어제와 오늘이 크게 변화 된 것이 없지만
내 마음이 많이 변화가
되니 세상도 바뀌어 보이네

상쾌한 공기 맑고 청명한 하늘이 나를 반기네
오늘 이 순간은
어제 이 세상을 떠난 이는 느낄 수가 없는
소중하고 아름다운 삶이다

넘지 못할 산은 없다

쉽게 말할 수 없는 입장
쉽게 행동할 수 없는 입장

내 문제는 크게 느끼고
남의 문제는 가볍게

내 고민은 크게
남의 문제는 생각할 여유가 없지요

기적은 인간의 보편적인 생각을 뛰어넘을 때
감동은 보편적인 가치를 뛰어넘을 때
소통과 배려가 있을 때
꽁꽁 얼어붙은 마음이
녹아지지 않을까 생각을 합니다.

정성을 다 할 때 위대한 옥동자가 탄생
아픔을 공유할 때
풀리지 않던 매듭이 쉽게 풀리지요

보통사람들은 보편적인
가치와 생각을 뛰어 넘을 수가 없지요

대박 인생 쪽박인생은 타고 나는 것이 아니라
만들어 가는 것이 아닐까 생각을 합니다

절망 넘어 희망이 숨어서 기다리고 있는데
성급하게 지나 가버려 절망이 지속 되지요

역경과 시련 밀려 올 때
혼자서 가면 절망
함께 가면 희망이 있지 않을까 생각이 됩니다

넘지 못할 산은 없고
이기지 못할 시련 없지 않나 생각합니다

나를 찾아 가는 일

삶이란
참으로 복잡하고 아슬아슬합니다.

걱정이 없는 날이 없고
부족함을 느끼지 않는 날이 없으니까요

어느 것 하나
결정하거나 결심하는 것도 쉽지 않습니다

내일을 알 수 없어
늘 흔들리기 때문이지요

말로는 쉽게 행복하다 기쁘다고 하지만
누구에게나 힘든 일은 있기 마련입니다

얼마만큼 행복하고 어느 정도 기쁘게
살아가고 있는지 알 수는 없지만
그저 모두들 바쁩니다

나이 들고 건강을 잃으면
이게 아닌데 하는 생각을 하게 될 터인데
왜 그렇게 어디를 향해 무엇 때문에
바쁘게 가는 건지 모를 일입니다

결국, 인생은
내가 나를 찾아 갈 뿐인데 말입니다

고통, 갈등 ,불안 등등은 모두 나를
찾기까지의 과정에서 만나는 것들입니다
나를 만나기 위해서 이렇게 힘든 것입니다

나를 찾은 그 날부터 삶은
고통에서 기쁨으로,
좌절에서 열정으로,
복잡함에서 단순함으로,
불안에서 평안으로 바뀝니다

이것이야말로 각자의 인생에서 만나는
가장 극적인 순간이

내일 일은 내일 전개 되는 것을 받아들이고
오늘 순간순간은 자유로운 영혼이고 싶습니다

행운의 삶

시한폭탄을 안고 하루하루 순간순간 살고 있는
특수학교 특수교육 종사자들
파리 목숨과 같은 학교장
어떤 상황에서든지 최종 결정 최종 책임
다행스럽게 장애학생들이 사건 사고 없이
즐겁고 행복한 학교생활 덕분

참으로 운 좋게 퇴직해서 다행이다
참으로 교직원들이 한 마음 한 뜻으로
세심하게 신경을 써 주신 덕분

오늘 하루 인간으로서 최선을 다할 뿐
절대자의 보호와 배려로 행운의 삶

나를 아는 지인 및 나와 더 불어 함께 살고 있는 모두에게
고마움과 감사가 절로 느껴지는 까닭은 무엇일까

나의 힘으로 살 수 있는 것은 하나도 없다
그저 주어진 시간에 충실할 뿐이다

욕심

권력 욕심 없는 사람 어디 있겠는가?
권력의 달콤함에 도취가 되면 헤어나지 못하고 자멸하지요

명예 욕심 없는 사람 어디 있겠는가?
명예 옆에서 부추기면 끝이 없이 달려 나가
멈추지 못하고 낭떨어지로 추락하지요

돈 욕심 없는 사람 어디 있겠는가?
돈 사람을 울리고 웃게 만들고 죽이기도 하고
살리기도 하기에 집착하여 한 평생 노예가 되어
불행한 삶이 되지 않을까 생각을 합니다

이성 좋아 하지 않는 사람 어디 있겠는가?
진정한 만남 가치 있는 소통과 배려가 없을 때
불행한 삶이 되지 않나 생각합니다

욕심 없는 사람 어디 있겠는가?
욕심을 부린다고 욕심대로 된다면 얼마나 좋으련만
그렇게 되지 않는 것이 우리네 인생이 아닐까 생각합니다

나이가 들어가며 세상 이치를 알고 자족하며 살아야 하지만
세상을 많이 살아 온 기득권으로 쉽게 살려는 것이
우리네 삶이 되지 않을까 생각을 합니다

자신과 늘 싸우고 늘 깨어 기도하며
자족하는 마음으로 살 때 행복한 삶이 되지요

소중한 내 것을 주자

우리가 쉽게 줄 수 있는 것은 누구나 줄 수 있지만
쉽게 줄 수 없는 누구나 소중한 것을 쉽게 과감히
내어 줄 수 있다면 얼마나 좋을까

마음은 과감히 내어 놓고 마음 편하게 살고 싶은데
그렇게 하려면 갈등 번빈 속에서 나만 손해 보는 듯하여
쉽게 내어 놓지 못하고 이 세상 끝나는 순간 어쩔 수 없이
그냥 놓고 떨 날 수 밖에 없지 않을까 생각을 해 봅니다

세상 대부분의 사람들이 그렇게 살다가 그렇게 가는 것이
순리인 듯 살기에 누가 누구를 뭐라고 할 말은 없지요

흙탕물에 이전투구로 모두가 힘든 삶 보다 소중한 내 것
과감히 나누고 마음 편하게 행복한 여유로운 미소를 지으며
후회 없이 언제든지 눈을 감을 수 있기를 소망 해 봅니다

외면하지 않는 희망

어찌 한 평생 살면서 편안한 날만 있겠는가.
어찌 한 평생 살면서 고난이 없겠는가

어찌 한 평생 살면서 극한상황에서 한 번쯤
최후 극단적인 생각을 하지 않는 사람 있겠는가
이런 날 저런 날 지나고 보면 꽃피고 새 우는 날도 있지

이런 때 저런 때 지나고 보면 환하게 웃는 때도 있지
오늘도 절망 넘어 희망이라는 놈이 숨어서 기다리고 있는데
그 날 그때가 바로 한 발 건너편에 있는데
내가 희망을 가지고 있는 한 희망이
나를 외면하지 않을 것이다

감사

너무 가진 것이 없어 모든 것이 부족하고 연약한 삶
모든 것들이 부러웠던 지난 시간 그 때는 아픔이었지만
지나고 보니 아름다운 추억으로 간직할 수 있어 감사

지난 그 시간들이 있었기에
오늘 어렵고 힘든 이들과 함께할 수 있는 삶이 감사

그 아픔이 나를 더욱 단련 시켜
단단한 삶을 살 수 있음을 감사

행복이 멀리 있는 것이 아니라 내 마음속에 가까이 있어 감사
자족하는 삶을 살 수 있는 여건과 환경을 주심을 감사
감사할 수 있는 여유로운 마음을 주심을 감사

8장

이공 일팔의 이야기

몸이 가벼워야 마음이 가볍다

몸이 비워지지 않는데
마음이 비워지겠는가?

위 속에 가득 채워졌는데
마음을 비울 수가 있겠는가?

몸에 이것 저것 가득한데
마음이 가벼울 수 있겠는가?

몸이 가볍지 못하면
생각이 무겁고

생각이 무거우니 마음이
가벼울 수가 있겠는가?
몸이 가볍게 되어야 생각이 가볍게 되고
생각이 가벼우니 마음이
저절로 비워져 편안한 삶이 되지 않을까
편안한 삶이 되니 행복 하지 않을까

누구든지 편안하고 행복한 삶은 원하지만
몸과 마음이 무겁기 때문에 불행한 삶
누가 불행하게 만드는 것이 아니라 자신이다

외로운 것이 삶

우리들의 삶을 알고 보면
가진 것이 없어 외로운 것이 아니라

재산이 많이 있어도
내 것이 아닌 같아

명예가 있어도
내 것이 아닌 같아

가족이 있어도
내 가족처럼 느껴지지
않아서

친구가 많이 있어도
친구처럼 느껴지지 않아서

권력이 있어도
권력에 순종할 뿐
나를 진정으로 좋아하는 사람이 없기 때문에 외롭다

한줌의 가루

위대한 사람 잘나고 귀한 몸
아름다운 사람 사랑해서 죽고 못 살아도
육체가 죽으면 쓰레기 보다 못한 육신이 되고

3일전까지 아무리 건강하고
잘나고 똑똑한
사람일지라도 죽으면

한줌의 가루가 되고 흔적도 없이 사라지는 것이
우리네 인생이 아닐까

한줌의 가루가 될 수 있다는 생각을 하며
항상 경건하게 서로 배려하면서
소통 하며 살아 가자

이것은 어느 특정인의 일이 아니고 우리들의 일

오늘 하루가 정신없이 바빠서 스트레스 받고 있는 분들
지금 현재 무엇이 자신에게 중요한 일인지
생각할 수 있는 여유를 가져 보자

이런 사람이 되고 싶어

진실한 친구가
한 사람이라도 있어 행복한 사람

세상에서 아름다운 사람은
마음씨가 따뜻한 사람

세상에서 가장 부유한 사람은
가슴이 넉넉한 사람

세상에서 가장 착한 사람은
먼저 남을 생각하는 사람

세상에서 가장 용기 있는 사람은
용서할 줄 아는 사람

세상에서 가장 필요한 사람은
삶을 성실히 가꾸는 사람

세상에서 가장 지혜로운 사람은
사랑을 깨달은 사람

"당신이 있어 나는 참 행복 합니다." 라고
진심으로 얘기할 수 있는 사람

허물을 벗자

목사인데
장로인데
교장인데……

얼마나 중압감을 느꼈으면
극단적인 선택을 했을까

주님이 원하시는 일이
아닌 걸 분명히 알고
기도와 말씀으로
한평생 살아 왔을 텐데

지금 살고 있는 현실의
도덕적 가치와 잣대
신앙적 양심의 갈등
지도자로서 책임감
자존심이 무너지는 순간

중요하게 지켜야할 것은
하나 뿐인 생명인데……

과감하게 목숨을 버릴 수 있는 것은 무엇일까
우리는 알 수 없는 힘이 작용했음을 부인할 수 없다

죽음으로 주님의 뜻을 살려 낼 것인지
주님께 용서 받지 못할 일인지는
더 기도하며 알아 볼 일인데

오늘도
내일도

말씀과 기도로 주님의 뜻을 알기 위해서
무릎 꿇는 일이 우선 되어야 하지만
현실은 넉넉하지 않은 것이
우리네 삶이라서 그럴까?

허용하는 삶
받아들이는 삶이 되어
어떠한 경우에도
극단적인 선택을 할 만큼
외로운 삶이 되질 않기를
기도합니다

고난은 의미 있다

아무리 큰 고난 일지라도
고난의 의미를 알 때
인생의 큰 재산이 되고

작은 고난 일지라도
의미를 알지 못하면
인생의 재앙이다

고난이 고난으로 느껴질 때
고난을 주시는 분의 의미를
깨닫게 되는 순간부터
축복으로 다가 온다

어제까지 힘든 고난의 삶이었지라도
오늘 희망을 향해서 갈 때
나를 향해서 희망이 다가 올 것 이다

또 같은 고난이라도
내가 희망을 바라보느냐
좌절을 바라보느냐에 따라
내 운명이 좌우될 것이다

행 · 불행

아름다움이 극치일지라도
남는 것은 마음의 잔상

영광의 극적인 순간도
남는 것은 한 순간 감탄사 뿐

맑음은 혼탁함이 있기에
밝음은 어둠이 있기에
행복도 불행이 있었기에
좋고 나쁨도 내 마음

지나가는 찰라에
행 · 불행이 내 마음에 의해 좌우되는 것

어둠이 있어 밝음 돋보이고
못 난자들이 있어 잘 난자가 돋보이고
잘 난이 보다 못난이가 되어
모든 사람들에게
즐거움과 행복을 주고 싶다

간격 유지

너무 가까이 하지 말고 간격을 유지하라
너무 가까이 있으면 부딪친다

너무 가까이 있으면 뿌리를 뻗을 수가 없다
너무 가까이 있으면 서로 성장할 수 없다
너무 가까이 있으면 몸살이 난다

말도 간격을 유지하며 말할 때 사랑의 말이 나온다
우정도 간격을 유지할 때 더욱 깊어진다

사람도 간격을 유지할 때 지속적인 관계가 된다
몸도 마음도 간격을 유지할 때 편안한 안식을 할 수 있다

서로가 서로를 존중하고 지켜 주는 것은
적당한 간격을 유지하는 것이 필요하다

잡을 수 없는 시간

만물이 약동하는 봄인가 싶었는데 가을
단풍이 곱게 물들어 아름다운 모습인가 싶으면 겨울로 가는 길목
단풍이 곱게 물들어 아름다운 모습도 잠깐

낙엽은 하루아침 한순간 강풍으로 모두 떨어지고

우리들의 삶도 어느새
하얀 백발이 찾아오고

우리들의 생각과 마음이
저절로 경건해 지고

주님의 섭리가 깊게 느껴지는 순간 저절로 감사가 된다
주님의 은혜가 아니고서야 주님이 지으시고 만드신
세계의 원리를 느끼고 은혜를 체험할 수 있겠는가

빠르게 지나가는 시간을 아쉬워하기 보다
주님의 섭리에 순응하는 삶이되길 기도 해 본다
나의 삶이 주님 뜻에 합당한 삶속에서
곱게 아름답게 늙어 가길 기도한다

그래서
나와 더 불어 함께 살고 있는 주변 모든 분들이
행복한 삶이되길 기도한다

좋은 관계

내가 살고 있는 주변과
좋은 관계를 만들어라

나와 함께 하는 사람들과
좋은 관계를 가져라

내가 살고 있는 주변과
좋은 관계를 만들 때
내가 행복하다

나와 함께 하는 사람들과
좋은 관계가 될 때 비로소 즐거운 삶이 된다

어찌 나와 더불어 함께 하는 사람들이
나와 한 결 같이 좋은 일로
좋을 수만 있겠는가

불편하지 않도록 하는 노력을
내가 먼저 해야 한다

항상 마음을 놓지 않고 주변인들과 함께 더불어
행복하고 즐거운 삶을 살려는 마음 자세가 필요하다

물론 자신이 할 수 있는 최선을 다했는데도
안될 때는 과감하게 정리하고
더 이상 관계가 연결 되지 않도록 해야 한다

서로에게 상처 받지 않고
서로에게 상처를 주지 않기 위해서이다

서로가 행복한 마음으로 미소 짓는 얼굴이
주변 사람들과 내가 편하게 느껴질 수 있다면
가장 행복한 삶이 되리라

오늘도 그렇게 되기를 기도한다

동행

뭉게구름이 즐거운 일이 있는지 미소 짓네요
햇님이 기쁜 일이 생겼는지 미소를 짓네요

뭉게구름 환하게 웃으며
햇님을 맞이 하네요

햇님이 밝고 화사한 얼굴로 뭉게구름 비춰 주고 있네요

뭉게구름이 화가 났는지
햇님을 덮고 풀어 주질 않네요

햇님이 화가 났는지
뭉게구름을 뜨겁게 녹여 버렸네요

햇님과 뭉게구름은 함께 가는 거지
서로를 인정하지 않고 덮어버리거나 녹여버리면 불행하지요

뭉게구름 이 모양 저 모양 아름다움도 햇님의
환하고 밝은 미소가 있을 때 멋진 모습이 되지요

우리는 서로 부족함을 채워주고 서로를 인정하며
함께 동행할 때
아름답고 멋진 삶이 되어지지 않을까요

어머니 두개 가슴

어머니를 천국으로 떠나보냈지만
어머니 당신의 심장 뛰는 가슴이 느껴져요

어머니 당신의 조마조마 하며
새 가슴 된 마음이 느껴지네요
어머니 당신 식구들 끼니 걱정만 아니면
새 가슴 될 이유가 없었는데

어머니 당신 찌들인 가난한 삶만 아니면
움추리고 세상과 타협할 이유가 없었는데

어머니 당신의 꿈만 생각하면
넓은 가슴으로 세상을 품었을 텐데

식구들 걱정 없는 천국에서는
어머니 당신 넓은 가슴으로
마음껏 꿈을 펼쳐 보세요

희망

얼굴에 화색이
돌게 하는 희망

꺼져가는 등불에
불씨를 살리는 희망

절망의 순간 조금만 버티어 보자
희미하게 느껴지는 희망
젊은 날 청춘을 생각하면
가슴 설레이는 희망

희망은 희망사항으로
늘 그리워하는 것
간절한 마음으로 찾고
갈급함으로 이루어지는 것

거의 다달아 이루었다 하면
한 발 먼저 떠나 버리는 것

희망을 향해서 가지 않으면
길 잃은 어린 양

희망은 한 발 앞에서
늘 나를 기다리고 있다

지나가고 남는 것 추억의 자서전

시간은 흐르고 지나 가버려도
추억은 남아서 우리들 마음을 아름답게 만든다

추억은 맑은 물에 잉크 한 방울 떨어지는 것과 같이
우리들 마음속 전체로 번져서 지치고
힘들 때마다 하나씩 하나씩 묻어 나온다.

세월이 흘러 늙어 가도
추억은 청춘으로 싱싱하게 다가온다
자서전은 젊은 날의 고난 아픔도 추억이 되어
늙어가는 육체의 치유가 된다

오늘까지 최선을 다해서 살아 온 자신만의 삶
오늘 지금 순간이 내 생의 가장 젊고 아름다운 순간
오늘까지 나와 함께 했던 이들과 인연의 이야기 자서전

내일은 또 다른 삶
내일 일은 내일의 주인공 이야기
내일의 주인공은
내가 반드시 될 수 있다는 보장이 없다

나를 찾아 가는 일

삶이란
참으로 복잡하고 아슬 아슬 합니다

걱정이 없는 날이 없고
부족함을 느끼지 않는 날이 없으니까요

어느 것 하나
결정하거나 결심하는 것도 쉽지 않습니다
내일을 알 수 없어 늘 흔들리기 때문이지요

말로는 쉽게 행복하다 기쁘다고 하지만
누구에게나 힘든 일은 있기 마련입니다

얼마만큼 행복하고 어느 정도 기쁘게
살아가고 있는지 알 수는 없지만 그저 모두들 바쁩니다

나이 들고 건강을 잃으면
이게 아닌데 하는 생각을 하게 될 터인데
왜 그렇게 어디를 향해 무엇 때문에
바쁘게 가는 건지 모를 일입니다

결국 인생은
내가 나를 찾아 갈 뿐인데 말입니다

고통, 갈등, 불안 등등은
모두 나를 찾기까지의 과정에서 만나는 것들입니다
나를 만나기 위해서 이렇게 힘든 것입니다

나를 찾은 그 날부터 삶은
고통에서 기쁨으로
좌절에서 열정으로
복잡함에서 단순함으로
불안에서 평안으로 바뀝니다

이것이야말로 각자의 인생에서 만나는
가장 극적인 순간이요 큰 기쁨입니다

아무리 화려해도
몸에 맞지 않는 옷을 입으면 불편 하듯이
아무리 멋진 풍경도
마음이 다른데 있으면 눈에 들어오지 않듯이

내가 아닌 남의 삶을 살고 있으면
늘 불안합니다

잠깐 쉬면서 나를 먼저 돌아 보십시오
내가 보일 때 행복과 기쁨도 찾아옵니다

치매

우리가 얼마나 어렵고 힘든 삶을 살아가고 있으면
얼마나 고집불통 타협할 줄 모르고 직진만 하고 있으면
명예 권력 돈만 쌓고 쌓아
하늘 높이 더 이상 쌓을 곳이 없으면

자신의 의지가 강하여
주변 사람들을 힘들게 했으면
얼마나 힘들게 열심히 휴식도 없이 살아 왔으면

휴식의 시간을 주기위해
잠시 모든 것을 망각하고
안개처럼 된다는 것은
오히려 편안한 안식이 되지 않을까요?

한 평생 브레이크 없는 삶이라면
멈춤이 필요하지 않을까요?

아름다운 치매 선한 치매만 있을 수 없겠지만
절대자의 배려와 뜻이 있어
편안한 휴식이라면
주변 사람들에게 피해만 주지 않기를
기도합니다

보석이 아름다운 것은

보석이 아름답고 귀한 것은
부서지고 깨어지고 다듬어 졌기 때문입니다

우리네 인생도 깨어지고 부서지고 고난을 겪으며
모나지 않고 다듬어 졌기에
멋있는 인생 아름다운 삶이 되지 않을까요

젊음이 좋다 하지만
숙성된 중후한 멋과
은은하게 향기가 베어나는 삶은
겪을 것 다 겪은
노년의 삶이 아닐까요

이미 지나 가버린 젊음을 아쉬어 하기보다
모든 것을 녹여내어 품어 줄 수 있는 노년

여유롭고 아름답게 다가 올
노년을 맞이함이 어떠하신지요

사랑은 거울

사랑할 수 있음은
내안에 사랑이 있음이라

내가 그대를 사랑하는 것은
그대를 향한 열정이 있음이라
내가 그대를 사랑할 수 있음은
그대를 향한 그리움이 있음이라
내가 그대를 사랑하는 것은
그대를 끝까지 지지하고 있음이라

그대를 향한 사랑은 행복할 때나 불행할 때
기쁠 때나 슬플 때도 한결 같은 마음이다

나의 사랑이 그대에게 그렇게 보여진 까닭은
내 마음의 거울이 그대에게 여과 없이 보여진 까닭일 것이다

사랑은 내 마음의 거울이 어떤 상황에서든지
아름다운 사랑으로 보여진 까닭이다

그대가 떠나고 절망과
좌절이 엄습해 오는 순간에도 사랑은
나를 지탱하는 위대한 힘이기 때문이다
사랑은 맑고 밝은 투명한 거울이다

나를 이끄는 힘

내 인생을 이끌어 가는 에너지가 무엇일까요
내 인생을 이끌어 가는 힘이 무엇인가

지난 고난의 삶들이 현재 힘이 될 줄은 몰랐는데
불평불만 했던 지난 시간이 부끄러운 마음뿐이다

한치 앞을 모르는 우리들의 삶
어떤 고난도 묵묵히 의연하게 버티어 내면 훗날
내 삶속에서 강한 에너지가 되는데

나의 남은 삶
육체는 약해지고 볼 품 없어질지라도
나를 이끄는 힘 에너지로 부끄럼 없는 삶
성실하게 최선을 다하여 살고 싶다

희망

볼 품 없는 얼굴에 화색이 돌게 하는 희망
꺼져 가는 등불에 불씨를 살리는 희망

생을 접고 싶은 만큼 좌절의 순간
한번 버티어 보자는 희미하게 느껴지는 희망
희미한 작은 희망만으로도 가슴 설레이는 희망

희망은 희망사항으로 늘 그리워하는 것
희망은 간절한 마음으로 찾고 갈급함으로 이루어지는 것

희망은 거의 다 달아 이루었다 잡을 듯하면
한 발 먼저 떠나 버리는 것이 희망

희망은 이루기 위해 열심을 다하는 것이기에
희망이 없으면 우리들의 삶은 길 잃은 어린 양

오늘도 우리들은 희망을 향해서
어디론가 가지 않으면 안 된다

희망은 나를 외면하지 않고 한 발 앞에서
늘 나를 이끌고 기다리고 있다

마무리 글

나의 삶 62년이 짧지만 길게 느껴진 여정이다.

62년사를 자서전으로 정리하고 마무리하는 시점이다.

글로 다 표현 하지 못해 2% 부족함을 느끼는 아쉬움이 있다.

1. 강하지도 못하면서 강하게 살아온 나

내 본성은 마음이 여리고 약한 것처럼 동정심이 많은 아이였다.

남의 아픔과 어려움을 보고 그냥 넘기지 못하고

어떻게든지 도와주고

함께 해야만 마음이 편했다.

강하게 살아가야만 되는 환경적 요인이

나를 절제와 규모 있는 삶으로 이끌었다.

내면은 약하고 강한 양면성이 있었다. 외형은 강하고 결단력이

더 필요로 하였기에 때론 갈등과 심한 고통을 안고 성장했던 것 같다.

치열하게 살아온 지난 삶을 더는 꾸짖거나 탓하고 싶지는 않다.

남은 삶은 갈등 없이 마음 편하게 내 마음이 가는 대로

자연스러운 나의 본심 내면세계를 그대로 보여 주며
그 마음을 좋아하는 사람들을 나도 좋아하며 살고 싶다.
현재를 충실하게 최선을 다하여 미래를 위해 아름답게 살고 싶다.

2. 나에게 인색한 삶

주변 사람들에게는 한없이 넓고 배려심이 많이 있다고
생각을 하는 내가 내 자신을 위해 입고 먹고 마시는 데는
유달리 인색한 이유는 무엇일까?
혼자 더 절제하고 나도 모르는 사이
자동으로 긴장 되는 이유는 무엇일까?
명분과 뜻 없이는 1원도 쓰지 못하는 이유는 무엇일까?

이제는 많은 생각을 하기 보다 단순하게 마음 가는대로 살아도
60년 이상 살아온 삶이 있었기에 남들에게 피해를 주거나
품위 손상 되는 일은 하지 않을 것으로 생각된다.
항상 그렇게 살아 왔기 때문이다.
어쩜 그렇게 사는 것이 마음 자연스럽고 행복한지도 모르겠다.
그래도 내일에 대한 희망이 있기 때문이다.
나는 해야 될 일이 있고, 꿈이 있기 때문이다.
그것은 내 주변 약자들과 더불어 행복하게 살기 위함이다.

외형적으로 강하고 인색하게 보여진 나에게
격려하고 고맙다고 말하고 싶다.
그 동안 어려운 가운데도 잘 버티고 인내하며

열심히 열정적으로 잘 살아 왔다고
마음 속 깊은 곳을 향해서 큰 소리로 외쳐 본다.

이 세상 그 누구 보다 내 자신이 내 자신에게 인정받고 싶기 때문이다.

3. 또 다른 꿈을 꾸고, 또 다른 길을 만들어 가며 살고 싶다.

비가 오고 태풍이 불어도 가야할 곳이 있는 새는 하늘을 날듯이,
꿈이 있는 사람은 앞길이 막막해도 가야할 길을 걸어 가야 한다.
사람은 걷지 않으면 생명을 지탱할 수 없고, 걸어야 생명 있는 삶을 산다.
길이 멀어도 가야할 곳이 있는 달팽이가 걸음을 멈추지 않고 꾸준히
걸어 가듯이 사람은 길이 없어도 걸어 가면서 길을 만들어야 한다.

**"내가 개척 해 나가는 일들이 누군가의 길이 되고 싶다.
처음부터 길은 없다. 걸어가면 길이 된다."**

나눌수록 행복해 지는 기부문화

그루터기 장애인여가생활학교 부설

화천 힐링 마음치유센터에서 제안하는 나눔 프로젝트

잠언 16장 9절 말씀

"사람이 마음으로 자기의 길을 계획할지라도 그 걸음을 인도하는 자는 여호와시니라"

위의 말씀을 평생 좌우명으로 삼고 산업현장에서 주경야독으로 초등 · 중등 · 고등학교 졸업인정 검정고시를 통해서 80년도 장애인 교육이 일반화 되지 않은 시기 특수교육을 전공하여 교사로 시작하여 교장까지 31년 교직생활을 무사히 마치고 제2의 인생을 상처받고 힘들어 하는 직장인, 청소년들과 장애인들을 위한 **힐링 마음 치유 센터**를 준비하며 살고 있는 **변상오 교장**

이 자서전의 판매 수익금과 나눔 프로젝트 후원금은 그루터기장애인 여가생활학교 부설 **화천 힐링 마음치유센터** 설립을 위해 쓰여집니다.

☞ 후원회원으로 참여하는 방법

은행	계좌번호	예금주
국민은행	04420-04-101195	(예금주) 그루터기 장애인여가생활학교
우리은행	1005-101-405778	(예금주) 그루터기 장애인여가생활학교
하나은행	167-910003-84705	(예금주) 그루터기 장애인여가생활학교
농협	022-17-001737	(예금주) 그루터기 장애인여가생활학교
신한 은행	140-008-407142	(예금주) 그루터기 장애인여가생활학교

월 10,000원 후원하시는 분들께는 아래 연락처로 문자메세지 또는 이메일로 주소와 전화번호를 알려 주시면 자서전을 보내 드리겠습니다.

연락처 : 010-2703-2668, mb2003@hanmail.net

걸어 가면 길

지은이 변상오

인쇄 2019년 2월 11일
발행 2019년 2월 15일

펴낸이 도서출판 고려
발행인 권영석
출판등록 1994년 8월 1일(제2-1794호)
주소 서울특별시 중구 퇴계로 161
전화 02.2277.1425
팩스 02.2277.1947
이메일 koprint@hanmail.net

인쇄 고려문화사

ISBN 978-89-87936-46-8 03800